三毛猫ホームズの懸賞金

赤川次郎

AKAGAWA JIRO

KAPPA
NOVELS

目次

プロローグ　7
1　証言　14
2　噂　27
3　くすんだ栄光　39
4　旧友　52
5　引力　65
6　懸賞金　81
7　復活　99
8　別れの言葉　114
9　ボディガード　124
10　値札　139
11　密会　149
12　階段　163
13　意地と恨み　173
14　ライトの下で　185
15　ゴースト　195
16　欠けた星　210
17　心当り　221
18　録音　232
19　刃先　242
20　悪夢　252
エピローグ　269

本文イラストレーション／江《え》原《はら》利《とし》子《こ》

プロローグ

「俺は狙われてるんだ」

夫のその言葉に、矢崎《やざき》絹江《きぬえ》は、思わず、

「何ですって？」

と訊《き》き返していた。

「狙われてるんだ」

と、矢崎敏男《としお》はくり返した。「本当だ。誰かが俺を狙ってる」

「馬鹿らしい」

と、絹江は腰に手を当てて、「早く行きなさいよ。いつものバスに乗り遅れたら、遅刻でしょ」

「しかし、本当に誰かが――」

「はいはい」

と、絹江は肩をすくめて、「もうすぐ冬のボーナスじゃないの。遅刻は査定に響くってあなたがいつも言ってるでしょ」

「それはそうだが……」

「じゃ、早く出かけてよ。克也《かつや》を幼稚園に送ってかなきゃならないんだから」

「うん、まあ……」

玄関の上り口に座り込んでいた矢崎敏男は、スローモーションのようにゆっくりと立ち上った。

「じゃ、行ってらっしゃい」

絹江はサンダルをはくと、玄関のドアのロックを外し、「急げば間に合うわよ」

「ああ……」

矢崎は、見えない手に背中を押されているかのように、ノロノロと玄関を出た。

「おはようございます！」

ちょうど目の前を、三軒先の若い奥さんが元気よく声をかけて通り過ぎて行った。

「どうも……」

矢崎は口の中で呟《つぶや》いた。


「――何言ってるのかしら」

夫を送り出し、玄関のドアを閉めると、絹江は首を振った。

そして、ちょっと眉をひそめると、

「まさか……ノイローゼじゃないわよね」

と呟く。

矢崎敏男は今、三十八歳のサラリーマン。都心のビルに入っている〈S商会〉で、営業マンをしている。

妻の絹江は三十五歳で、一人息子の克也は今五歳の幼稚園児。

都心まで少し遠いが、何かと便利なこのニュータウンに越して来て三年になる。十二階建の棟がズラリと立ち並ぶ大きな団地である。

ここは3号棟、矢崎一家は五階の〈５０５〉に住んでいる。

どう見ても、「よくあるサラリーマン家庭」だ。

「誰かに狙われている？」

ＴＶドラマの夢でも見たのか。どう考えても、夫を殺して得をする人間がいるとは、とても思えない。

「気のせいね」

と、肩をすくめて、「克也！　起きなさい！」

絹江は子供部屋へ入って行った。

矢崎は、〈５０８〉の厚木小夜《あつぎさよ》と、エレベーターの所で一緒になってしまった。

「遅いですね、ここのエレベーター」

と、厚木小夜は言った。

小柄だが、若々しいパンツスーツで、まだ二十八歳。雑誌に記事を書くライターの仕事をしている。

「下手《へた》すれば遅刻かな」

と、矢崎が言うと、ちょうどエレベーターが下りて来た。

十二階まであるので、この出勤時には、エレベーターも混み合う。

しかも、ほとんど各階停《ど》まりになるのだ。

扉が開くと、

「わあ」

と、厚木小夜が目を丸くした。

エレベーターは一杯で、とても二人は乗れない。

エレベーターは二基あるが、もう一方も同じようなものだろう。

エレベーターはそのまま扉が閉じて、下りて行ってしまった。

「やれやれ……」

と、矢崎は呟くように、「いつになったら乗れるのかな」

　すると、厚木小夜が、

「矢崎さん！」

と、力強く言った。「階段で行こう！」

「え？」

　矢崎は面食らった。「しかし——」

「五階ったって、下りるだけよ！　待ってたら遅刻でしょ。さ、一緒に！」

　小夜が矢崎の腕をつかんで引張る。

「おい——。危いよ！」

　転びそうになりながら、矢崎は小夜に引張られるまま、階段へと駆け出した。

「さあ！　どっちが早いか、競争！　行くわよ！」

　ダダダッと階段を下りて行く。

　矢崎も、何だかよく分らないまま、小夜の後を追って行った。

　三階辺りからは、エレベーターを待たずに階段を下りる住人もいるが、それでも、「エレベーターがある」と思うと、二階でもずっと待つ人もいるのだ。

　むろん、中には疲れて「階段はいやだ」という者もあるだろう。膝が痛いとか、腰痛があるとか……。

　確かに、矢崎にはそういうことはない。とはいえ、五階分を駆け下りるのは、結構怖かった！

「——やった！」

　一階へ下りて、3号棟を出ると、少し先のバス停と、そこへ向って走るバスが目に入った。

　バスはまだ大分手前で、充分に間に合う。

「間に合うわ！　ね、矢崎さん！」

「ああ。本当だな」

二人は少し息を弾ませながら、バス停へと向った。乗客の列ができているが、この辺りでは、まだそれほどの混雑ではない。もっと駅に近いバス停では、バスが一杯で乗れないことがあるのだ。

「目がさめたわ」

と、小夜が矢崎と並んで言った。

「そうだね……」

矢崎が少しまぶしそうに小夜を見ていた。

「君はいいなあ、若くて」

と、矢崎が言うと、小夜はちょっと笑って、

「矢崎さん、老《ふ》け込み過ぎよ、大して違わないじゃないですか」

と言った。

「そんなことないだろ？　僕は三十八だぜ」

「たった十歳！　それに三十八なんて、今は若い内ですよ」

小夜が明るく言うと、矢崎もつられて笑顔になった。

バスが来て、乗り込む。

もちろん、座れるわけではないが、いつもならまだ立っている乗客の間にゆとりがあって、奥の方へと入れる。しかし、今日はすでにかなりの混雑だった。

「大変ね、矢崎さん」

と、小夜が言った。「いつもこのバスでしょ？　私は今朝たまたま約束があって早いけど、いつもならもう少しのんびり出られる」

「ああ、そうか。フリーのライターだろ？　いいね。『フリー』って言葉の響きがすてきだ」

「ちっともよくないわ。フリーって言えば聞こえはいいけど、仕事が来なかったら、ただの失業

者」

「そうか」

「ええ。このところ、出版不況で、フリーのライターの仕事が減ってるの。矢崎さん、暮れにはボーナスあるんでしょ？　フリーの人間には、そんなものない」

「だけど、ご主人が――」

「主人の会社も景気悪くて。ボーナスなんて、出たとしても雀《すずめ》の涙らしいわ」

「どこも大変だな。しかし……」

矢崎の表情がフッと曇った。

「どうかした？」

バスは次の停留所に停ろうとしていた。

矢崎は、突然小夜の腕をつかむと、

「聞いてくれ」

と、押し殺した声で言った。

小夜が面食らって、

「矢崎さん――」

「頼む。聞いてくれ。僕は殺される」

小夜が目を丸くして、

「今、『殺される』って言ったの？」

「そうなんだ。誰も信じてくれないが、本当なんだ」

「でも――」

「誰かが僕を狙ってる」

「どういうこと？」

しかし、もう小夜の言葉は矢崎の耳に入っていないようだった。

「いけない！　僕のそばにいると、間違って君が殺されるかもしれない」

「矢崎さん、落ちついて！」

そのとき、バスが停留所に停って、シュッと音をたてて扉が開いた。

「降ろしてくれ！」

　矢崎は客をかき分けて叫んだ。「降りるんだ！　降ろしてくれ！」

「矢崎さん！」

　と、小夜は呼んだが、矢崎は乗ろうとしている客を押しのけて、バスから降りてしまった。

「何やってんだ！」

　と、怒る声がした。

　扉が閉り、バスは動き出した。

　小夜は、歩道へ下りた矢崎をバスの中から見ていた。すると――突然矢崎が胸を押えてよろけた。

　そして、突っ伏すように地面に倒れたのだ。小夜は息を呑《の》んだ。

　矢崎の体の下から赤いものが――血が広がるのを、小夜は見た。

「矢崎さん！　――停《と》めて！　お願い！　バスを停めて！」

　と、小夜は叫んだ。

　しかし、すでにバスはスピードを上げ、矢崎はすぐに見えなくなっていた。

「降ろして！　降ろして下さい！」

　小夜は出口へ近付こうとしたが、会社へと急ぐ人々は、小夜のことなど、気にもとめなかった。

　そのまま、バスは走り続けたのである……。

1　証言

「それで、スタートは何時だって？」

と、髪を金色に染めた、芸術家風の男が訊いた。

厚木小夜は、必死で打合せの内容に注意を集中しようとしたが、あの矢崎の、

「僕は殺される！」

という叫びが、つい思い出されてしまう。

「おい！」

とにらまれて、小夜はハッと我に返ると、

「すみません！　あの――何でしょうか」

「しっかりしろよ！」

と、間に立った編集長は、金髪のゲストに気をつかって、一段ときつく叱った。

「せっかく先生がおいで下さってるんだぞ。君がボンヤリしててどうするんだ」

「すみません」

「いいか。ライターなんて、いくらでも代りがい

るんだ。分ってるだろ」

「はい、本当に――」

「時間を間違えられたら困るんだよね」

と、コンピューターグラフィックのプロは眉をひそめて、「もっとしっかりした子に代えてくれよ」

「あの――もう決して。ですから、どうか――」

と、小夜は焦って言った。

「先生がそうおっしゃるんでしたら」

と、編集長は即座に言った。

「でも……」

「お時間がおありでしたら、他の子を呼びますが」

「そうだね、そうしてもらった方が……」

ホテルのラウンジでの打合せは、一時間以上かかっていた。スケジュールの調整だけですぐ終るはずだったのだが、金髪の〈先生〉の雑談がなかなか終らなかったのである。

「お願いです。私――」

と、小夜は言いかけたが、編集長の方は、もうケータイを手に、

「この前の〈Ｒ〉プロジェクトのときの子はいかがでしょう？」

と訊いている。

「ああ、いいね。なかなか可愛《かわい》いし」

「では、早速――」

と、ケータイで発信しようとする。

小夜は言葉を失って、ただそれを見ているしかなかった。

そのとき、

「失礼ですが」

と、声をかけて来た男性がいた。

「――何です、あなたは？」

「こちらの厚木小夜さんに用がありまして」

と、ヒョロリと長身で、なで肩のその男性は言った。「今、お話が耳に入ったものですからね」

「だから何の用かと――」

「警視庁捜査一課の片山《かたやま》といいます」

編集長の目が大きく見開かれた。

「今、この厚木小夜さんを外すというお話のようでしたが」

と、片山という刑事は言った。「実は厚木さんは今朝、ある殺人事件を目撃されたんです」

「はあ……」

「ご近所の知り合いの方が目の前で殺されたのですから、大変なショックです。そのとき、色々と話を聞かれたりして、疲れています。それでも、『仕事があるので、どうしても』ということで、聴取を途中で抜けてここへ来られたわけです。ですから、この若い女性が、大きなショックを受けていることを、考えてあげて下さい」

片山刑事の淡々とした口調に、編集長は、

「なるほど……。いや、何も知らなかったので……」

「本当だよ」

と、〈先生〉もガラリと態度が変って、「こんな呑気《のんき》な話をしてる場合じゃないね、それは」

「全くです」

「じゃ、後の打合せは日を改めて、ということにしよう。君、よく体を休めてね」

「はあ……」

「また連絡するから！」

〈先生〉と編集長は早々に行ってしまった。

ポカンとしていた小夜は、

「あの……」

「余計なことだったかな」

　と、片山は向いの席に座って、「どうしても、急いで話を聞きたくてね」

「片山さん……でしたか」

　そう言われて、片山は小夜に名刺を渡すと、

「打合せの邪魔をしてしまって、申し訳なかったね」

　と言った。

「いいえ。――本当に、私、仕事の話に集中できなくて」

「当然だよ。目の前で人が殺されるなんて、普通の人は経験しないことだからね」

「目の前といっても……。矢崎さんはバスを降りて倒れ……。私はバスの中で、どうすることもできなかったんです」

　と、小夜は言った。「血が出るのを見たショックもありますが、あのとき、矢崎さんに何もしてあげられなかったという無力感の方が大きかったんです」

「仕方ないよ。それでも、駅でバスを降りて、すぐ通報してくれたんだから」

「駅までは降りられないんです。みんな必死で乗ってくるので」

「分るよ」

　と、片山は言った。

「それで……私に急なご用って……」

「うん。どうやら矢崎敏男さんは君の乗っていたバスの中で刺されたらしい」

「バスで？　じゃ、あのとき乗っていた誰かが？」

「そう。――ゆっくり話を聞かせてくれるか

な?」

「はい!　今日はもうこの後、仕事はありません」

「帰って夕食の仕度とか?」

「いえ、うちは主人も遅いので、夕食は自分で食べます」

「じゃ、一緒に来てくれる?」

「分りました」

「あの二人、ここの支払いもして行かなかったんだな」

「あ、私が――」

「大丈夫。話を聞かせてもらうんだから、コーヒー代くらい出すよ」

　小夜は、片山が伝票を手にレジへと向うのを、ぼんやりしながら見送っていた。

　やさしい人だわ……。

　小夜の胸は、少女のようなあたたかさで満たされていた……。


「まるで思い当ることなんて、ありません」

　と、矢崎絹江は言った。

「そうですか」

　と、片山は肯《うなず》いて、「しかし、実際にご主人は胸を刺されているわけで……」

「主人は他の人から恨まれるような人じゃありませんでした」

　と、絹江は強い口調で言った。「本当に普通の……普通の人だったんです」

「分りました」

　と、片山は言って、「こんなときに申し訳ありません」

「いえ……。それで、主人はいつ帰って来るんで

しょうか」

絹江の口調は、まるで夫がいつも通りに会社から帰って来る、とでもいうようだった。

「検視がありますので。ご連絡します」

「よろしくお願いします」

と、絹江は深々と頭を下げて、「克也を迎えに行かなくてはいけないので……」

「分りました。何かお訊きすることがあれば、改めてご連絡します」

片山は、矢崎絹江を送り出して、ホッと息をついた。

「――あんまり悲しそうに見えませんね」

と、石津《いしづ》刑事が言った。

「半分放心状態なんだ」

と、片山は言った。「たぶん、夫が死んだってことを、信じられないんだろうな」

「じゃ、ショックが大き過ぎて？」

「うん。――克也を迎えに行く、と言ってたが、子供のことは、母親が来てくれているはずだ。それも忘れてしまってるんだろう」

片山は捜査一課の応接室へ入って行った。

「お待たせして」

「いえ……」

待っていたのは、バスで矢崎と一緒だった、厚木小夜である。

「奥様は何かおっしゃってましたか？」

と、小夜は訊いた。

「いや、何も。――まだどう考えていいのか分らないご様子で」

「そうですよね。――それが当然です。私みたいな近所の人間でも、まだ信じられないくらいですもの。矢崎さんが倒れるところをこの目で見ていたのに」

「問題はそのバスです」

と、片山は言った。

「バスの中で刺されたって、確かなんでしょうか」

と言ってから、小夜は、「でも——本当にあのとき、バスの中から見ていましたけど、刺した人は見ませんでしたわ」

「しかし、現実の問題として、混雑しているバスの中で人を刺すというのは、簡単じゃないよ」

と、片山は言った。「特に、凶器の刃物も見付かっていない。ということは、犯人はそのまま血のついた刃物を持って、バスに乗り続けていたことになる」

「大胆ですね！」

「そんなことが可能かどうか。——バスの中を調べれば、少しでも血痕が残っているかと思ったけど、あの状況では、問題のバスを調査することができなかった。やっとバスが一旦バス会社に戻って、見に行ったときは、もうバスの床も洗ってしまっていたんだ」

片山は肩をすくめて、「もちろん、大勢の乗客が床を踏んでたわけで、たとえ少しの血がついていたとしても、たぶん見付からなかっただろうな」

「でも……どうして矢崎さんが……」

と、小夜は首を振った。

「憶《おぼ》えてる範囲でいいけど、バスで話をするまでのことを、もう一度聞かせてくれるかな？」

「はい。——ええと」

小夜は深呼吸して、気持を落ちつかせると、

「私が自分の部屋〈５０８〉を出て、エレベータ

ーへ急いで行くと、〈505〉のドアが開いて……」

小夜は、エレベーターが満員で乗れなかったので、階段を矢崎と一緒に下りたこと、バスに乗ってからの会話……。

「――そう。突然、矢崎さんが私の腕をつかんだんです。私、びっくりして。そしたら、矢崎さんが言ったんです。『僕は殺される』って……」

俺は狙われてるんだ。

確かに、あの人はそう言ったわ。

――そろそろ、暗くなろうとしていた。

バスの外の団地の風景は、暗い夜の中に溶け込み、明るい窓が列をなしているのが見えた。

矢崎絹江は、ぼんやりとバスの外を眺めていた。

――帰宅するサラリーマンで、バスは混み始めていたが、幸い絹江は駅前から乗って、座ることができた。

でも――何だったんだろう。あの人の言葉は？

絹江は、夫、矢崎敏男が、出勤前に「誰かに狙われている」と言っていたことを、忘れたわけではなかった。

でも、それを刑事に言いたくなかったのだ。夫の言葉に耳を貸さなかったことで、責められるかもしれないと思ったし、夫がどこの誰に恨まれていたのか、問い詰められるのもいやだった。

「そうよ……」

と、絹江は呟いた。「訊かれたって、どうせ分らないんだもの……」

「奥さん」

と、声がしたが、絹江は自分が呼ばれていると思わず、ぼんやりしていた。

「――奥さん。矢崎さん」

そう呼ばれて、やっと顔を上げると、見たことのある顔があった。

「あ……」

誰だっけ？　どこかで会ってるけど、確かに。

「お忘れですか」

と、その男は笑って、「神谷《かみや》です。自治会の」

そう言われて、やっと思い出した。

「ああ……。ごめんなさい。私、ボーッとしていて」

「いや、無理ありませんよ。自治会でご一緒してから、もう二年ぐらいたってますからね」

そうだった。あのニュータウンに越して来てすぐに「自治会役員」を、「回り持ちだから」とやらされて、どうしたらいいのか、さっぱり分らずに途方にくれていたとき、親切にあれこれ教えてくれたのが、神谷だった。

2号棟の住人で、四十を少し出たくらいだろうが、普通の勤め人ではなく、洒落《しゃれ》たジャケットにジーンズなどで出かけて行っていた。

今日も、赤いネッカチーフを首に巻いていて、それが似合う、ちょっと外国の人のような雰囲気だった。

「お出かけだったんですか」

と、神谷は訊いた。

「ええ、ちょっと……」

他に言いようがなかった。まさか、「夫が殺されたもので」とも言えない。

でも、何か言わなきゃいけないような気がして、

「いつもこの時間にお帰りですか」

と、絹江は訊いた。

「いえ、たまたまです。コピーライターなんて、

ヤクザな仕事をしているものですからね」

「あ、そうでしたね。広告会社で。私、何も憶えてなくて……」

ちょっと恥ずかしくなって目を伏せる。そして――どうしてだか、人当りのいいこのコピーライターに、今の気持を思いきりしゃべりたくなったのである。

「神谷さん」

「何です？」

「お話ししたいことがあるんですけど、お時間、あります？」

神谷の方が面食らった。

そして――二人は、ニュータウンの手前のスーパーのあるバス停で降りると、少々さびれた感じの喫茶店に入った。

「奥さん、それで何か……」

コーヒーを飲みながら、神谷が言いかけると、絹江は、

「主人が亡くなったんです」

神谷が呆気《あっけ》に取られていると、絹江は、夫が誰かに殺されたという話をした。神谷はただ愕然《がくぜん》として聞いていた。

絹江は話し終ると、

「すみません」

と言った。「こんな話を突然お聞かせしてしまって」

「いや……。それにしても、とんでもないことで……」

神谷も他にどう言っていいか分らないのだろう。当然のことだ。

「ただ……誰かに話さないと、おかしくなりそうだったんです。主人が死んだのが、私のせいだっ

たのかと思えて……」

「そんなことは……。お気持は分りますが、ご自分を責める必要はありませんよ」

「そうでしょうか」

と、絹江は身をのり出すようにして、「本当にそう思われます?」

「もちろんです。――ちゃんと警察が犯人を見付けてくれますよ」

「ええ……。そうですね」

絹江はそう言うと、突然神谷の手を握りしめて、

「お願いです。主人が朝、出がけに言ったこと、誰にも言わないで下さい」

「奥さん――」

「私にもさっぱり分らないんですもの。あれが何だったのか、訊かれても返事できませんわ」

「分ります。大丈夫。僕は誰にも言いませんよ」

と、神谷は絹江をなだめるように、その手をさすりながら言った。

「ありがとう……」

絹江は涙が出て来て、あわててハンカチを取り出して拭うと、「ごめんなさい。私……気持がたかぶって……」

「当然のことです。さ、お子さんがお待ちでしょう?」

と、神谷は言って、

「ああ、そうでした。――私ったら、母に任せ切りにしてしまって」

絹江は、やっと少し自分を取り戻した気がした。

――絹江と神谷の会話は、これだけのことだったのだが、このとき、同じ喫茶店の中に、絹江と同じ3号棟に住んでいる主婦がいた。

その主婦はすでに絹江の夫が殺されたことを知

っていて、絹江たちが店に入って来たときからじっと様子を見ていた。

席が離れていたので、二人の話は聞こえなかったが、絹江が神谷と手を取り合ったり、絹江が泣いたりするのを、しっかり観察していたのだ。

二人が出て行くと、その主婦は早速ケータイを取り出し、たった今自分が目撃した出来事を、同じ団地の親しい主婦へと報告した。

実際に絹江と神谷が団地へ帰るより早く、その情報は団地へと届いていた。むろん、二人はそんなことなど全く知らなかった……。

2

噂

「ええ、そうなんですよ」

と、その主婦は言った。「矢崎さんの奥さんと、神谷さん。――ずっと前から親しかったんです。誰でも知ってますわ」

――団地の中の公園。

ニュータウンという大規模な団地なので、公園もいくつかある。

冬の午後だが、風のない、穏やかな気候だった。公園の中のベンチに腰をかけて、片山はその主婦の話をメモしていた。

「2号棟の〈708〉ですね」

と、確かめるように言って、「その神谷さんという方は何をしてらっしゃるんですか?」

「お仕事ですか? 確かコピーライターっていうんですの? 広告の文句とかを考える」

「ええ、分ります」

「何だかね、お昼ごろ出かけて行ったり、夜中にタクシーで帰って来たり。——普通のお勤めじゃないみたいですよ」

　その口ぶりには、明らかに「まともな仕事をしていない」という意味合いがこめられていた。

「神谷徹二《てつじ》さんとおっしゃるんですね」

　と、片山は肯いて、「ご家族は？」

「奥さんと二人暮しです。奥さんも働いていて、お子さんがいないので、休みの日にはよくお二人で出かけてます。車でね」

　片山は少し間を置いて、

「それで……。矢崎絹江さんと、その神谷さんが一緒にいるところを、直接ご覧になったんですか？」

　と訊いた。

「それは……ええ、見かけたことはあります」

　と、少しためらってから言った。「自治会の用もあったでしょうしね」

　片山はメモを取るのをやめた。

　この主婦の話はあてにならない、と思ったのだ。

　絹江と神谷が自治会で一緒だったのは、もう二年近く前だと分っていた。

　この主婦が、二人一緒のところを見たのは、そんなに前のことだったのだ。

　それが、まるで、「二人が浮気していて、矢崎を殺した」とでも言わんばかりである。

「——ありがとうございました」

　と、片山は立ち上って、「お話を伺《うかが》えて良かったです」

「あの——でも、私から聞いた、なんてあの奥さんに言わないで下さいね」

　と、少しあわてた様子で、「逆恨みされたらいやですもの」

「もちろんです。決してお名前は出しませんよ」

と、片山は手帳をしまって言った。

「本当にね、私だって、こんな告げ口みたいなことと、したくないんですよ。でも、ことは殺人事件ですからね。やっぱり善良な市民としては、警察の人に協力しないと……」

「ええ、もちろんです。大変ありがたい情報でした」

「だったらいいんですけど……。じゃ、よろしく」

そそくさと行ってしまう主婦を見送って、片山はちょっと肩をすくめた。

すると――。

「いやな奴《やつ》！」

という声がした。

振り向くと、ブレザー姿の高校生らしい女の子が立っている。

マフラーを首にひと巻きして、学生鞄《かばん》を持っていた。

「君……。この団地に住んでるの？」

と、片山は訊いた。

「うん」

と、少女は肯いて、「高校出たら、この団地から出て行くんだ」

「どうして？」

「だって、ここに住んでると、何もかもこの中で済んじゃうでしょ。いつの間にか、ここが〈世界〉になっちゃうの。外の出来事なんて、何の関心も持てなくなる。だからあんなひどい噂《うわさ》を流したりして、退屈を紛らせてるのよ」

「なるほど」

なかなかしっかりものを見ている少女だ、と片山は思った。

「あなた、刑事さん?」

「そうだよ」

「悪いけど、証明書見せてくれる?」

「いいとも。——じゃ、君も学生証を見せてくれるかな?」

「公平ね!」

と、少女はちょっと笑った。「——へえ! 捜査一課って、花形じゃない」

「君、TVの刑事物の見過ぎだよ。久保田《くぼた》みすず君」

片山は学生証を返した。

「片山義太郎《よしたろう》って、何だかいかめしい名前だけど、見たとこそうでもないみたい」

「まあね。元々刑事に向いてないんだ」

「変な人。——ね、まさか、今の話、真に受けてないよね」

と、久保田みすずは訊いた。

「矢崎さんの奥さんと神谷って人のことかい? もちろん、信じちゃいないよ」

「良かった! いい人ね、片山さん」

「君は——あの人を知ってるの?」

「今の奥さん? 残念ながら知ってるわ。うちのお母さんが割と仲がいいの」

と、みすずは顔をしかめて、「人の悪口言うのが一番の趣味って人なのよ」

「なるほど」

「私は2号棟の〈311〉。神谷さんと同じ棟なの。神谷さん、本当にいい人よ。矢崎さんに親切にしたって当然じゃない」

「殺された矢崎さんのことは知ってる?」

「顔ぐらいはね。ときどき朝は同じバスだったりしてたから。奥さんとはバザーで話したことあるわ」

と、みすずは言って、「で、犯人の見当ついてるの？」

「そんなこと訊かれてもね」

と、片山は苦笑した。「何か役に立つようなことを知ってたら、教えてくれよ」

「うん、分った。――あ、名刺、ありがと」

と、みすずは片山の名刺を受け取ると、「じゃ、私のケータイ番号、教えとくね」

「ありがとう。――さて、もう戻らないと」

片山は腕時計を見て言った。

そこへ、

「お兄さん！」

と、声がして、晴美《はるみ》が公園へ入って来て手を振っていた。

「妹さんが一緒なの？」

と、みすずが言った。

「それと、あの猫もね」

ホームズが晴美の足下を歩いていた。

「可愛い！」

――この後、しばし、晴美たちと久保田みすずの話が続いた。

「せっかくだから、良かったらお茶でも？」

と、晴美が言った。

「この団地の中に、パーラーとか喫茶店が三つもあるの」

みすずが案内してくれたパーラーで、結局片山たちはコーヒーを飲むことになった。

みすずはフルーツパフェをペロリと平らげた。

「カロリー計算しなきゃ」

と、みすずは言った。

「十六歳？　いいわね、若くて」

「晴美さんだって……」

「ありがとう。でも、刑事の家で暮してると、色々世の中のことを見てるから、老けちゃうのよ」

と、晴美は言った。「ね、ホームズ？」

「ニャー」

と、ホームズが晴美の膝の上で鳴いた。

「——みすず君じゃないか」

と、店に入って来た男性が声をかけると、

「あ……」

一瞬、みすずは言葉が出て来なかった。

「可愛い三毛猫」

と言ったのは、一緒にいた女性。

「神谷さん、今日《こんにち》は」

と、みすずが言った。

この男が神谷か、と片山は思った。

広いテーブルだったので、神谷と、その妻も片山たちに加わった。

神谷の妻は靖代《やすよ》といった。——都会的で垢抜《あかぬ》けた夫婦である。

「——捜査一課の刑事さんですか」

と、神谷は微笑《ほほえ》んで、「僕と矢崎さんの奥さんとは、何でもありませんよ」

と言った。

「お耳に入ってるんですか」

と、晴美が言った。

「ええ」

神谷と靖代は顔を見合せた。

「何だか、この何日か、団地の人たちの、私たちを見る目が気になって」

と、靖代が言った。「仲良くしている奥さんが教えてくれたんです。とんでもない噂を流してる人たちがいる、って」

「いい加減な話であることは分っています」

と、片山は言った。「早く犯人を逮捕しないと……」

「ニャー」

と、ホームズが同意して、みんなが笑った。

「安心しましたわ、お話できて」

と、靖代が言った。「みすずちゃんも、ありがとう」

「私、神谷さんの大ファンだもん！」

みすずの言葉は力強かった。

「それにしても……。どうして矢崎さんが殺されたのか、ふしぎです」

と、神谷は言った。「もちろん、そう親しかったわけではありませんが、とても人の恨みを買うような人とは……」

そのとき、店にせかせかと入って来たのは買物帰りの主婦で、

「ね、聞いた？　ついさっき、3号棟で飛び下りが！」

と、店のレジにいた女性に言った。

「まあ！　自殺？」

「それが、この間、ご主人を殺された――。あの奥さんですって！」

片山たちが、一瞬凍りついた。

「幸運だったよ」

と、片山が息をついて、「飛び下りた下が花壇の柔らかい土だったたから、骨折で済んだ」

「本当ね。良かった」

と、晴美も肯いて、「お兄さん、早くご主人を殺した犯人を逮捕してあげないと」

「言われなくても分ってる」

と、片山は渋い顔になって言った。

――矢崎絹江が、団地の五階から飛び下りたのである。

救急車で運ばれた病院へ、片山たちはやって来ていた。

「お子さんは大丈夫ですか？」

と、心配そうに言ったのは、神谷靖代だった。

絹江の飛び下りを聞いて、片山たちと話していた神谷夫婦も、一緒に病院へ来ていたのだ。

「もしかすると――」

と、神谷徹二が言った。「僕との噂を、奥さんも耳にしていたのかもしれない。ご主人を亡くして、ただでさえ落ち込んでいるのに、そんな噂を聞いたら、傷つくでしょう」

「全くですね。――克也ちゃんには、奥さんの母親がついていてくれてます」

と、片山が言うと、

「片山さん。――これは、奥さんから黙っていてくれと頼まれたのですが……」

と、神谷が言った。「こんな事態になると、そうも言っていられない」

「というと？」

神谷は、絹江から、殺された矢崎敏男が、当日の朝、出勤して行くとき、妻に「狙われている」と言っていたことを説明した。

「奥さんとしては、自分がその話を信じようとしなかったことで、ご主人が本当に殺されてしまった責任を感じていたのだと思います」

「――分ります」

と、片山は肯いた。「話していただいて良かったです。矢崎さんが、バスに乗る前から狙われていると怯《おび》えていたと分ったのですからね」

「ニャー」

と、ホームズが鳴いた。

「そうか……」

と、片山はちょっと考えて、ホームズの毛並みを撫《な》でながら、「あの朝、矢崎さんがそう言った。では、矢崎さんはいつから狙われていると知ったんでしょう？」

「それって、つまり、前の日まではそう思ってなかった、ってこと？」

と、晴美が言った。

「そう思わないか？　奥さんの意識が戻ったら確かめてみよう。様子がおかしければ、奥さんだって気付いたんじゃないかな。前の日にそういう様子がなくて、朝、出勤して行くときに不安になっていたとすれば、矢崎さんはどこでどうして自分が狙われていることを知ったのか」

「前の夜、寝てから朝までの間に？　でも、ずっと家にいたわけでしょ」

「そうだ。しかも、単に『狙われてる』だけじゃない。厚木小夜さんには、はっきり『殺される』と言っている」

「自分が命を狙われてることを、どうして知ってたのか、ってことね」

「うん……」

片山は肯いて、「まず奥さんに詳しいことを訊いてみよう」

「ご迷惑をかけて申し訳ありません……」

矢崎絹江は、痛み止めの点滴で少しぼんやりしながらも、そう言って、「私、克也のことも考えずに、本当に馬鹿なことをしてしまいました……」

と、呟くように続けた。

「でも、脚と腕の骨折で済んだんですから」

と、晴美が励ますように、「死んじゃいけないってことなんですよ」

「やっぱり僕との噂を聞いてたんですね」

と、神谷が言った。「言いたい人には言わせておけばいいんです。いずれみんな忘れますよ」

「神谷さんにもご迷惑を……」

「あなたが謝る必要はありませんよ」

「はい……」

「今、克也ちゃんと一緒に、お母さんがこちらへ向っているそうですよ」

と、片山は言った。「ところで——今の話ですが、どうでしたか？」

殺される前の晩、矢崎敏男がどんな様子だったか、確かめたのである。

「そうですね……」

絹江は、しばらくじっと天井を見つめていたが、

「——思い出しても、あの人に特に変ったところはなかったと思います」

「そうですか」

「会社から帰って、ご飯を食べて……。ＴＶで何だかスポーツ番組を見て、お風呂に入って……。そうですね。いつも通りでした」

「すると、朝、出勤して行くときまでの間に、何かあったということでしょうか」

「ああ……。そういうことになりますね。気が付きませんでした」

「夜遅くに、電話があったとか、そんなこと

は?」

「なかったと思います。ケータイも、いつもそばに置いてましたけど、特に何も……」

そのとき、晴美が、ハッとして、

「――お兄さん」

「どうした?」

「メ、メールなら」

「そうか。――寝ている間にメールが届くことはある」

と、片山は肯いて言った。

「奥さん、パソコンはどうですか?」

と、晴美が訊いた。「ご主人はパソコンで何かやっていませんでした?」

「ええ……。私はさっぱり分らないんですけど、主人は毎晩何かやってました。私は先に寝てしまいますが、主人は起きていて……。そんなに夜中まで、ということはなかったと思いますが。何をしてたのか、私には分りませんでした」

「調べてみよう」

と、片山は言った。

「矢崎さんのケータイは?」

「返したはずだ。しかし、内容はチェックしていなかっただろうな」

「たぶん……居間の戸棚に入っていると思います。見て下さい」

と絹江は言った。

そのとき、病室のドアが開いて、小さな男の子が駆け込んで来ると、

「ママ!」

と、絹江のベッドに走り寄って、「ママ、大丈夫?」

と、しがみつくようにして言った。

「克也……。ごめんね、ママ、うっかりしてベランダから落っこちちゃったのよ」

　絹江は子供の頭を撫でて、「でも、大丈夫。しばらく入院だけど、ちゃんと治るから」

「それならいいけど……」

　と、克也はホッとした様子で、「ちゃんとご飯食べないと、良くならないよ」

「ええ、そうね……」

　絹江は涙ぐみながら笑顔になって、「克也に負けないくらい食べるからね」

　と言った。

　その光景を見て、誰もが黙ってしまった。

　一人、ホームズだけが、

「ニャー……」

　と、感激の思いを表わすように、鳴いたのだった……。

3　くすんだ栄光

客席へ入る重い扉を開けると、キーッとガラスを引っかくような音がして、

「ワアッ！」

と、百瀬《ももせ》は飛び上りそうになった。「何だよ、この扉！」

「あんまり使ってねえんでね」

と、七十はとっくに過ぎていようという作業服姿の男は、大して気にもしていない様子で言った。

「さびついてるんだろうよ」

「分ってたら、何とかしろよ！」

と、百瀬は言った。「俺は歌手なんだぞ！　歌手の耳は普通の人間よりずっと敏感なんだ。こんな音を聞かされたら、耳がどうかなっちまうよ！」

「百瀬さん」

と、ジャンパー姿の若い女性がなだめるように、

「油を差せば大丈夫ですよ。ね、おじさん？」

　どう見ても「おじさん」と言うより「おじいさん」の作業服の男は、

「ああ、たぶんね。でも、そんな気のきいたもんはねえけど」

「機械油、ないの？　じゃ、私、どこかで買ってくる。百瀬さん、必ず本番までに油を差しとくから」

「当り前だ」

　と、百瀬はむくれていたが、ホールの中へ入ると、足を止めた。「——おい、ルミ子《こ》」

「何ですか」

「ここ……何人入るんだ？」

「ええと……二百八十人」

「三百も入らないのか？　こんな小さなホール……」

「ぜいたく言わないで下さいよ。この間は四十人しかいなかったじゃないですか」

「あれは老人ホームのチャリティじゃないか。公演とは違うぞ」

　文句を言うのは、いわば「口ぐせ」みたいなもので——。その後は、

「以前は二千人のホールを三日間、一杯にしたこともあったんだ」

　と続くのである。

「マネージャーになる前ですから、私は知りません」

　ルミ子は突き放すように言った。「それより、マイクとか照明の電気系統、チェックしましょうよ。公演中に照明が消えたりしたら、それこそ入場料返さなきゃいけなくなります」

「分ってるよ」

と、百瀬はふくれっつらで、「それと、今夜のバンドは大丈夫なんだろうな？　この前の素人の寄せ集めみたいなのは、もうごめんだぜ」

「直接聞いてませんけど、この辺じゃ長い、ベテランの人たちだそうですから」

「頼むぜ。音程の怪しいバックじゃ、歌えないからな」

「分りました」

　とは言っても、ルミ子だって、そのバンドの演奏を実際に聞いているわけではない。「でも、いざとなったら……」

　とは、百瀬の耳に入らない呟きである。

　いざとなったら、カラオケテープという手もある。もちろん、百瀬は怒るだろうが……。

「おい！　ライト、点《つ》けてくれ！」

　ステージに上って、百瀬が怒鳴った。

「ああ。ちょっと待ってくれ」

　と、あの「おじさん」が、ゆっくりゆっくり、ステージの袖へと入って行く。

「もっとテキパキできねえのか」

　と、百瀬はグチっているが、当然、何を言ってもむだだということは分っているのである。

　あれもこれも、もし自分にもっと人気があれば違うのに、ということ。それを分っているからこそ、グチを言いたくなるのかもしれない。

　立木《たちき》ルミ子は、二百八十の客席の間を歩いていた。――相当ひどい椅子がある。

　途中、いくつかの席に座ってみたが、ギイギイ音をたてたり、クッションがほとんどペタンコになってしまっていたり……。

　正直、百瀬が文句を言うのも無理はない。しかし、今は仕方ないのだ。

やっと発表にこぎつけた新曲のためのキャンペーン。どんな田舎の小さな小屋でも、ぜいたくは言っていられない。

「——おい！　スポットライト、ないのか？　スポットだよ！」

　ステージで苛《いら》ついている百瀬太朗《たろう》は、今三十六歳。

　二十代半《なか》ばでデビューした歌手である。ジャンル的に言えば、一応演歌歌手ということになろうか。当人は〈和風ポップス〉と呼んでいるが……。

　デビューして二年目。二十八歳のとき、〈女の涙船〉がヒットして、ＴＶにも出るようになった。端整な顔立ちもあって、女性ファンが一気に増えた。

　しかし——〈女の涙船〉を超えるヒットはなかなか生れなかった。

　百瀬は苛立った。その焦りを忘れようとして、「スター扱いされること」の快感に溺れて行ったのである。

　ＣＤがそこそこ売れている間は、「スター」でいられた。大ホールでの公演を満席にすることができた。

　しかし——それもすでに過去の話だ。

　小さな芸能プロダクションに就職した立木ルミ子が、三年目の二十五歳のとき、百瀬が他の事務所から移って来た。

　ルミ子は、百瀬太朗の名前も、〈女の涙船〉も聞いたことがなかった。それが、ある日、

「百瀬のマネージャーになってくれ」

と言われたのである。

　オフィスでのデスクワークの専門として入社したルミ子は、初め断った。しかし、プロダクショ

ンは赤字で、仕事を選べる状況ではなかったのだ。

こうして、二十八歳の今、ルミ子は百瀬のマネージャーとして三年目を迎えていた。

「――マイクは何とか使えそうだ」

と、百瀬が息をついて、「スポットライトもないんだぜ！　ボロだな、本当に」

「我慢して下さいよ。リハーサルまで一時間あるわ。駅前に食堂がありましたね。何か食べておくでしょ？」

「そうだな……。あんまり食べない方が、声は出るんだけど」

「でも、こういう小さな町だと、お店も閉るのが早いですよ。コンサート終ってからじゃ、どこも開いてないかも」

それはこれまで度々経験していたことである。

真暗《まつくら》になった町を、食べものを求めてさまよい歩く二人……。

およそロマンチックじゃなかった。

「うん、それじゃ食べとこう」

と、百瀬は肯いて言った。

駅までは歩いて十分ほど。近いとはいえ、北陸《ほくりく》のこととて、北風が冷たい。

駅前の、ただ一か所の食堂に入ると、

「〈カツ定食〉が一番腹にもちそうだな」

「そうですね」

ルミ子は〈カツ定食〉を二つ頼んでおいて、

「私、そこに小さなスーパーがあったんで、あの扉に差す油を探して来ます」

と、立ち上った。「先に食べてて下さい」

「ああ、分ってる」

百瀬はケータイを取り出してメールをやり始めた。

ルミ子は食堂を出て、小さなスーパーへと急いだ。こういう所は、スーパーも閉るのが早い。

「やった！」

閉店まであと十分だった！

機械油など置いていないので、食用油を買う。油ならいいだろう。

そして、やはり百瀬は男だから、夜中になると腹が空《す》いて、

「何か食うもんないのか！」

と、しばしばルミ子を叩《たた》き起す。

ルミ子はスーパーの棚にポツンと残っていたおにぎりとサンドイッチを買っておくことにした。

「――領収証下さい」

レシートだと、経理から文句を言われるのだ。

「何かついでに自分の物も買ってないか？」

というわけだ。

同じ社員を信じなくなったらおしまいね！

ルミ子は、他にお茶のペットボトルを買ってスーパーを出た。

「え？」

ポーチに入れているケータイから、メールの着信音がした。しかし、荷物を持っている。

「後でいいや」

ルミ子は足早に、あの食堂へと戻って行った。

「おい……」

ステージの袖に入って、百瀬が言った。「どうにかならないのか？」

「まあ……」

そう言われても。――ルミ子だって、「どうにかなるものなら、どうにかしたい」のである。しかし……。

「もう、他を当る時間はありませんよ」

と、ルミ子は言った。「呼んじゃった以上、ギャラは払わなきゃいけないし。何とか我慢して、やって下さいよ」

「でもなあ……。歌ってる間に、段々テンポが遅くなるんだぜ。あれじゃ……」

百瀬の言うのも、もっともだった。

リハーサルの時間に、ホールへやって来たのは、確かにこの辺りでは有名なバンドで——。ただし、「七人のバンドの平均年齢が七十八歳！」ということで有名なのだった。

最高齢はピアノの八十四歳。——しかし、何十年もやっているだけあって、譜面は読めるし（ただし拡大コピーしてある）、音程も確かだ。

ただ——百瀬の言うように、リズムを取るベースやドラムが、疲れてくるのか、少しずつ遅くなる。それに、サックスやクラリネットが、息が続かないので、やたら息継ぎが多い。それも遅れの原因になるのだった。

しかし、本番まであと四十五分しかない。十五分したら開場である。

二百八十枚のチケットは、一応、完売していた。——ルミ子の努力のかいがあってのことだが、そんなことは百瀬は知らない。

「いくらここんとこヒットがないと言っても、〈女の涙船〉の百瀬太朗だ！」

チケットが売れて当り前、と思っている。

「じゃ、主な曲だけ、もう一度合せます？」

と、ルミ子が言うと——。

客席の扉が開いて、ゾロゾロと客が入って来た！

「え？　まだ早いんじゃ……」

ルミ子が唖然《あぜん》としていると、

「何しろ年寄りが多いんでな」

と、あの〈おじさん〉がやって来て言った。

「トイレに行きたい、って奥さんが何人もいて。外で待つのは寒いからな」

「でも――チケットは？」

「ああ、自分で勝手に切って、入口の所のテーブルに半券が置いてあるよ」

「そんな……」

ルミ子はステージから飛び下りて、扉へと走って行った。――食用油の効果で、扉のきしみはなくなっていた。


一旦幕を下ろして、開演前に、バンドのメンバーも一斉にトイレに行く。

「――ともかく、新曲を売るためなんですからね」

と、ルミ子は楽屋で、百瀬のヘアスタイルを直しながら言った。

久々の新曲〈六本木《ろっぽんぎ》で待つ女〉を、コンサートで三回歌うことになっていた。

百瀬は「みっともない！」といやがっていたが、そんなことを言っている場合じゃない。

「――あ、そうだ」

急に思い出した。スーパーを出たとき、ケータイにメールが来ていたことを。その後はメールどころではなくて、見ていなかった。

「何かしら……」

と、ケータイを取り出して、メールを見たが……。

「え？」

目を疑った。誰からだか分らないメールで、

〈まともに歌えない歌手は、生きている価値がない。百瀬にしっかり歌わせろ。やる気のない歌だと思ったら、百瀬を殺す〉

——何、これ？

ルミ子も、百瀬のマネージャーをつとめて三年目。色々、妙なラブレターや、いやがらせの手紙などももらうことがある。

しかし、このメールは……。

いたずらだろうか？　しかし、ルミ子は、メールの文面に、どこか暗い悪意を感じた……。

「——そうだ！」

突然、百瀬が大声を出したので、ルミ子は飛び上りそうになった。

「何ですか、急に」

「いいことを思い付いたぞ！　ルミ子、お前がバンドを指揮しろ」

ルミ子は一瞬呆気に取られていたが、やがて笑って、

「こんなときに、冗談言うのやめて下さいよ」

と言った。「今メールが……」

言いかけてためらう。百瀬は、見かけによらず心配性で気が小さい。〈殺す〉なんてメールを見たら、それこそ「帰る！」とでも言い出しかねない。

「本気だ！」

と、百瀬が言った。

「——本気って？　私に指揮しろって？　とんでもない！　できっこないじゃありませんか！」

「だって、お前、俺のレパートリーなら、全部憶えてるだろ」

「そりゃそうですけど」

「何も、本職のように指揮しろ、と言ってるんじ

ゃない。リズムをしっかり振ってりゃ、連中だってついて来る。段々テンポが遅くなるなんてこともないだろう」

「それはそうかもしれませんけど……」

「大丈夫だ！　指揮棒がなきゃ、ボールペンでも振りゃいい」

　百瀬の言うことも、分らないではない。しかし——。

「私、こんな恰好《かっこう》ですよ」

　と、思い付いて、「ジーンズにジャンパーじゃ、指揮者に見えません」

「着てるものなんか、何でも……」

　と言いかけて、百瀬は、「ウーン」と唸《うな》っていたが……。

「うん！　お前、ピンクの上下、持ってるじゃないか！」

「ピンクの上下？　そんなもの持ってませんよ！」

　と、ルミ子は呆《あき》れて言った。

　そして——幕が上ると、小さめのホールはほとんど中年過ぎの「おばさん」たちで一杯になっていた。

　ステージに百瀬が登場すると、拍手が起った。

　そして、すぐに続いて——ルミ子が、ボールペンを手に現われた。

　ピンクの上下——毎晩着ているパジャマを着て。

　もうこうなったらやけだ！

「お願いします」

　と、ルミ子はバンドの面々に頭を下げると、一曲目、新曲〈六本木で待つ女〉を振り始めた……。

「やったぜ！」

百瀬は汗をタオルで拭《ふ》きながら、「良かっただろ？　な、ルミ子」

「ええ……」

ルミ子はパジャマが汗で体に貼りついて気持悪かった。

しかし、百瀬の狙い通り、ルミ子の指揮でテンポは保たれた。

また、狙いが当ると、百瀬も上機嫌になって、そこはプロで、調子に乗って熱唱する。

カーテンコールが何度も続いて、百瀬は新曲の他に、ヒット作〈女の涙船〉も歌うことになったのである。

「――今日はこのところの一番だな」

と、百瀬は汗を拭って、「ホテルに帰ってシャワーを浴びたい！」

「少し待って下さいよ」

と、ルミ子は言った。「後の片付けと支払いを――。ご苦労さまでした！」

と、高齢者バンド（？）に礼を言う。

ギャラは現金払いである。

「いや、指揮が良かった」

と言ってくれるメンバーもいて、ルミ子は照れた。

ホールの使用料などを払って、やっと出られる。

汗で濡《ぬ》れたパジャマにコートをはおって、ホールを後にする。

「おい、どこか飲む所、ないか？　今夜は飲む気分なんだ！」

すっかり舞い上っている。

しかし、こういう気分を盛り上げて、「やる気」を出させるのも、マネージャーの仕事だ。

「一旦、ホテルへ入りましょう。私、着替えないと。フロントの人に、近くにバーがないか訊いてみますよ」

と、ルミ子は言った。

予約しておいたビジネスホテルにチェックインし、隣同士のシングルルームを取る。

ルミ子は、パジャマを脱いで、シャワーで汗を流すことにした。

「ああ、やれやれ……」

と、バスタオルを体に巻いてバスルームを出ると、ケータイを手に取った。メールが入っている。

〈今日の百瀬はなかなか良かったぞ。その調子だ。生きていたければ、今日のレベルを保っていけ。パジャマの指揮姿も良かったぞ〉

――これは……。

今夜の百瀬の調子、そして何より、ルミ子がパジャマ姿で指揮していたことを知っている！

つまり、このメールの差出人は、今夜の客席にいたのだ……。

ちょっと気味が悪くなって、ルミ子は思わず周囲を見回してしまった……。

4　旧友

「片山君！」

と、よく通る声が店内に響いた。

「やあ！　珍しいね」

片山は、フルーツパーラーの奥の方の席に向った。

立木ルミ子は片山と、高校の同級生だったのである。

「——今、どうしてるんだ？」

コーヒーをひと口飲んで、片山は訊いた。

「気楽な商売よ」

と言って、立木ルミ子は片山の前に名刺を置いた。

「へえ……。芸能プロダクションか。マネージャー？」

「ええ。百瀬太朗のね。知ってる？」

「百瀬太朗か……。名前は憶えてるけどな。何を歌ったんだっけ?」

「憶えてないわよね」

と、ルミ子は笑って、「もう何年も前のことだもの」

高校生のころと変らない、カラッとした性格が、その口調にも出ている。

「ね、片山君、あなた刑事なんでしょ?」

「え……。まあ、一応ね」

片山はちょっと逃げ腰になったが、

「相談したいことがあるの。お願い。話だけでも聞いて」

と、ルミ子は言うと、ケータイを取り出して、

「このメール、見てちょうだい」

仕方ない。有無を言わせず、っていうのも、昔からだったな、と片山は思って、ルミ子のケータイを受け取った。

「――何だい、これ?」

と、面食らって、「誰かのいたずら?」

「次のメールも読んでみて」

片山は、二つ目のメールを見て、

「パジャマ?」

「そこはいいから」

「つまり、メールを送った人間は、そのコンサートに来ていた、ってことだね」

「そうなの。気味が悪くて」

と、ルミ子は言った。「片山君、どう思う?」

「いや……。どう、って言われても……」

片山は二件のメールをもう一度読み直した。

「何か、実際に危険なことがあったのかい?」

「少なくとも、まだ殺されちゃいないわ」

と、ルミ子は言った。

「それなら――」

「もちろん、ただのいたずらってこともある。でも、もし本当だったら？」

「それは何とも言えないけどね」

「分ってるわ。警察は事件が起きないと動けないのよね。だから、憶えといて。もし、百瀬か私の身に何かあったら、そのメールのことを思い出してね」

片山は、ルミ子が真剣に心配しているのを感じていた。

高校生のころも、片山よりよほど度胸が良くて、少々のことでは動じない子だった。そのルミ子が、さりげなく見えてはいるが、不安を感じているのだ。

「百瀬って人のこと、好きなのか？」

と、片山が訊くと、ルミ子は一瞬ポカンとして、

「——私が？　まさか！　仕事上はパートナーだけど、男だなんて思ってないわ」

と、肩をすくめた。

別に無理をしている印象ではなかったので、片山は少しホッとした。

「今は、新曲のキャンペーンで、毎日あちこち回ってるから、ほとんど一緒よ。でも、男と女の仲になったら、こんな仕事、やってられない」

「君——独身なの？」

「ええ。片山君も？」

「妹と一緒だよ」

「あ、晴美ちゃんだっけ？　しっかりした子だったよね」

「僕と違ってね」

「そうは言わないけど……。でも、比較すれば、晴美ちゃんの方がしっかり者だったかな」

「二人と一匹。三毛猫がいる。一度妹にも会って

くれよ」

「うん、ぜひ！」

話はそこからしばらく、「その後の同級生たち事情」の話題になった。

「――あ、そろそろ百瀬を迎えに行かないと」

と、ルミ子は腕時計を見て言った。「今夜、レコード会社のパーティで、一曲歌うことになってるの。業界の人たちが来てるから、きちんとさせないとね」

「大変だな、マネージャーって」

「本当よ！　百瀬、奥さんに逃げられて一人だから。放っとくと夕方まで寝てるから、早めに起さないとね」

ルミ子が立とうとしたときだった。

店に入って来た中年の女性が、

「あら。ルミ子さん？」

と、声をかけて来たのだ。

「え？」

ルミ子はびっくりして、「まあ、依子《よりこ》さん！」

派手めのコートの女性は、当惑顔で、

「あなたなの？　私にメールして来たの」

と訊いた。

「私が？　いいえ、メールなんてしませんけど」

と、ルミ子は言って、「どう言って来たんですか？」

「この店にこの時間に来い、って」

「それって……。あ……すみません」

ルミ子は片山を紹介して、「こちらは、吉谷《よしたに》依子さん。百瀬太朗さんの、元奥さんです」

四十前後だろうか。高級ブランドのバッグなど持っているのに、髪などあまり構っていない様子だ。

「――刑事さんがどうして？」

　と、吉谷依子は同じテーブルにつくと、「ルミ子さん、何かあったの？」

　ルミ子は少しためらっていたが、

「依子さん、そのメールって、見せてもらえます？」

　と言った。

「ええ、いいわよ」

　ルミ子は、依子のケータイを受け取って見ると、それを片山へ渡した。

〈別れた亭主でも、長生きさせたいだろ？　午後三時に、広尾《ひろお》の〈K〉に行け〉

「何だか、〈長生きさせたい〉っていう言い方が気になって」

　と、依子は言った。

「片山君――」

「君がここへ来ることを、どうして知ったんだろう？」

「そうね。事務所には、居場所を常に知らせてあるわ。何か突発的な事態があったときのためにね」

　と、ルミ子は言った。

　片山は、ルミ子の二件のメールと見比べて、

「発信元のアドレスは全部違ってるな」

　と言った。

　不審そうにしていた依子は、

「何があったの？」

　と、ルミ子に訊いた。

「あの……百瀬さんには言ってないんです。気に病《や》むタイプなので。奥さんもご存じですよね」

　ルミ子は、メールの話をして、「それで知り合いの片山君に相談しようと思って」

「まあ……。〈殺す〉だなんて！」

依子はわけが分らない様子で、「それも歌のせいで？」

「いたずらにしては、手がこんでますよね」

「そうね。あの人が殺されるとしたら、女のトラブルのせいだとしか思えないけど」

元妻は、至って真面目に言ったのだった……。


「よくある話よ」

と、立木ルミ子は言った。

「そうだろうね」

と、片山は肯いた。

ホテルの宴会場のフロアのロビー。まだパーティの開始時間まではしばらくあるので、閑散《かんさん》としている。

パーティの受付が準備されていて、数人の男女が忙しく動き回っていた。

「大丈夫なのかい、例の……百瀬だっけ」

「名前ぐらい憶えててよ」

と、ルミ子は言った。「〈百瀬太朗〉。最大のヒット曲は〈女の涙船〉」

「聞いたことがないと、憶えられないな」

「間違っても、本人に『聞いたことない』なんて言わないでね」

――片山は結局、ルミ子の頼みで、レコード会社のパーティ会場へやって来た。

「ずっとはいられないんだ」

と、ルミ子に予《あらかじ》め断ってある。「妹が来るから」

「悪いわね、無理言って」

口とは裏腹に、ちっとも悪いと思っていないのが分る。また、それを隠そうともしていないので、苦笑するしかない。

百瀬の元の妻、吉谷依子はもちろんここには来ていない。

「よくある話」

と、ルミ子が言ったのは、百瀬と依子との仲についてだ。

百瀬が吉谷依子と結婚したのは、まだ新人として売り出し中のこと。〈女の涙船〉がヒットする前である。

もちろん、そのころのことをルミ子自身が知っていたわけではない。この業界に入ってから、週刊誌の記者などから聞かされたのである。

「——要するに、百瀬は二つ年上の依子さんに養ってもらってたのよ」

と、ルミ子は片山と、後からやって来た晴美とホームズに話していた。

「そういう時期には、百瀬も依子さんに頼り切ってて、心からありがたいと思ってたらしいわ。ともかく、新人といったって、ほとんど仕事らしい仕事もない、食べさせてもらってる居候だったわけですものね」

話を聞いていた晴美にも、見当がついた。

「ところが、ヒット曲が出ると、っていうわけですね」

「そう。〈女の涙船〉がヒットして、百瀬は一躍人気歌手の仲間入り。歌手同士の付合いもできて、レコード会社の接待を受けたり、ＣＭに出演して、そのスポンサー企業からも、旅行や飲み食いをさせてもらう。——そうなると、男なんて勝手なものでね」

「分ります」

と、晴美は肯いて、「若くて可愛い女の子たちが寄って来たんですね」

「依子さんに世話になったことも忘れて、片っ端からファンの女の子に手をつけたそうよ。依子さんも、今は舞い上ってるから、って多少のことは目をつぶってた。でも、それも長くは続かない。——結局、依子さんの方から離婚を切り出して、百瀬も『出て行きたきゃ勝手にしろ！』と開き直って……」

「でも、ヒット曲ってそれ一曲だったんでしょ?」

「ニャー」

と、ホームズも呆れたように鳴いた。

「一人暮しになって、百瀬も初めて後悔したらしいけど、プライドの高い人だから、自分から依子さんに謝りに行くことなんかしなかったのね。その内、所属事務所ともケンカして、今の所へ移って来て……」

「それで君が担当マネージャーになった、ってわけだな」

と、片山が言った。

「そう。マネージャー三年目にして、やっと百瀬に新曲を出すチャンスが巡って来たの。私、ずいぶん作曲家や作詞家の先生たちに頼んで回ったわ。百瀬は自分にふさわしい曲がなかなか来ない、とか周囲に言ってたけどね」

「でも——」

と、晴美は言った。「今の話を聞いてると、元奥さんの言ったように、女性関係のトラブルが脅迫の動機みたいに思えるけど」

「確かにね」

と、ルミ子は肯いて、「正直、今、百瀬を殺そうとする人間がいるなんて考えられない」

「うん……。しかし……」

片山は、ホームズの方へちょっと目をやって、

「あのメールの内容が気になる。いい加減な歌を聞かせたら殺すって、女性関係で恨んでる人間が、あんなこと言うかな」

「ニャー」

ホームズが、同意するように鳴いた。

「そろそろ時間だわ」

と、ルミ子は腕時計を見て、「百瀬を呼んで来る。控室にいるから」

——宴会場フロアのロビーは、さっきまでと違って、人が集まりつつあった。

ルミ子が急ぎ足で立ち去ると、片山はため息をついて、

「何だか気になるな。——仕方ない。俺も残ろう」

「大がかりなパーティらしいものね。私とホームズだけじゃ、手が回らないわ」

「あのメールが本物なら、今夜のパーティで百瀬太朗がちゃんと歌えば大丈夫ってことになる」

レコード会社のパーティで、業界の主だった面々が揃《そろ》うらしく、ルミ子も、

「今日は本気で歌うと思うわよ」

と言っていた。

「でも、メールの送り主がどう聞くかは分らないわよ」

「それはそうだな」

そこへ、

「あ、刑事さん」

と、声がした。

「あ、吉谷さん」

百瀬の元妻、吉谷依子が立っていたのだ。

「――このパーティですよね」

と、依子は言った。

「やはり心配ですか」

「というか……。そうですね」

と、依子は微笑んで、「夫としては最低でも、歌手として才能のある人だと思うんです。死なせるのは残念で」

片山は、晴美を紹介した。

「まあ、すみません、百瀬のためにお手数を……」

と、依子は恐縮した様子で言った。

すると――ロビーに、

「ふざけるな！」

という怒鳴り声がした。

「まあ、あの人だわ」

と、依子は言って、「私は姿を見せない方が。――失礼します」

と、急いで姿を消した。

ロビーを大股にやって来たのは、当の百瀬太朗である。

「待って下さいよ！」

と、ルミ子が追いかけてくる。「何だっていうんですか？」

「話が違うだろう！」

と、百瀬は憤然《ふんぜん》として、「今夜は新曲を歌わせてくれるって話だったぞ」

「いいじゃありませんか。このパーティで歌えるだけでも――」

「〈女の涙船〉を歌えって言うんだぞ。俺にはあの曲しかない、とでも言いたげじゃないか！」

「だからって……。今夜のパーティには、作曲家や作詞家の先生方も大勢みえるんです。〈女の涙船〉を聞いて、新しく曲を書こうと思って下さるかもしれないし」

「そんな、お情《なさけ》を請《こ》うような真似《まね》ができるか！　俺は百瀬太朗なんだ！」

　すると、

「だから何なの？」

　と言ったのは——晴美だった。

「何だ、この女？」

　と、百瀬は振り返って、「何か言ったか？」

「悪いけど、あなたの歌も知らないし、顔も分らない。名前は何とか聞き憶えがあるけど」

「失礼だな！　百瀬太朗を知らないって言うのか？」

「じゃ、フロントの前のロビーに行って、そこを通る人、捕まえて訊いてごらんなさい。『百瀬太朗って知ってるか？』って。知ってるのは十人に一人くらいでしょうね」

「何だと！」

　百瀬がムッとして、晴美の方へ詰め寄ると、ホームズがすかさず間へ飛び込んで、百瀬に向って、

「フーッ！」と唸り声を上げた。

「何だ、この猫？　気味悪いぞ」

　百瀬がたじたじになっていると、

「その人の言う通りよ」

　一旦いなくなっていた元妻の依子が、いつの間にか戻って来ていた。——百瀬が面食らった様子で、

「お前……。どうしてここにいるんだ？」

「あなたのことが心配でね」

　と、依子は言った。「ルミ子さん、この人に事情を説明してやって。いくら周りが気をつかっても分らないわよ、この人には」

「何だって言うんだ?」

「失礼」

と、片山が声をかけて、「警視庁捜査一課の片山です」

「刑事? どうして……」

「あなたが殺されるかもしれない、とマネージャーさんが心配しましてね」

「何だって? ルミ子、どういうことだ?」

わけが分らない様子の百瀬に、ルミ子が、

「時間がないから、手短かに言いますね」

と、ケータイを取り出した。

ルミ子と依子の話を聞き、メールを見た百瀬はちょっと笑って、

「そんなもの、人気者にはつきものさ。ルミ子、お前だって分ってるだろ、世の中にゃ変な奴がいるんだ」

「ここにも一人いるけど」

と、晴美が呟いた。

「でもね、百瀬さん、このメールはどこか違うって気がするの。あなたに今夜ちゃんと歌ってほしいって気持、分るでしょう?」

「馬鹿らしい!」

と、百瀬は憤然として、「よし、分った! それじゃ、今夜のパーティで、うんといい加減に歌ってやる。それで俺が殺されりゃ、そのメールが本当だった、ってことだ」

「冗談でもやめて!」

と、依子は言った。「もしものことがあったら――」

「人一人、そう簡単にゃ死なねえよ」

「メールはともかく、人前で歌う以上、ちゃんと歌うのは当り前のことでしょ」

と、晴美が言った。

「あなた、お願いよ。〈女の涙船〉を、しっかり歌ってちょうだい」

依子の言葉に、百瀬は意外そうに、

「お前、俺のことをどうして心配してくれるんだ？　俺が散々な目にあわせたのに」

「確かにね。でも、一度は惚《ほ》れたことのある男に、惨めな死に方はしてほしくないのよ」

依子の真剣な言い方に、百瀬は少しの間黙っていたが——。

「分ったよ」

と、肩をすくめて、「歌えばいいんだろ、〈女の涙船〉を。歌ってやるとも」

宴会場から、にぎやかな音楽が流れて来た。

「始まりますよ！　百瀬さん、中へ入って下さい」

と、ルミ子がせかした。

わざと悠々《ゆうゆう》と歩いて行く百瀬を見送って、

「ひねくれてるんだから！」

と、依子は腹を立てたように、しかし苦笑まじりに言った……。

5 引力

ルミ子の顔色が変った。

「――今、何ておっしゃったんですか？」

と訊き返す声が、やや上《うわ》ずっていた。

パーティの司会者は、面倒くさそうに、

「だから、百瀬さんは〈女の涙船〉をワンコーラスだけ、って言ったんだよ」

ワンコーラスとは、歌詞の一番だけ、ということだ。

「そんな……。他の仕事を断ってここへ来てるんですよ」

と、ルミ子は出まかせを言った。「ちゃんとフルコーラス、歌わせて下さいよ」

「あのね、歌謡ショーじゃないんだ。百瀬さんはここで歌えるだけだってありがたいと思わなきゃ」

司会者は、TV局のアナウンサーである。

ルミ子は、食い下ってもむだだと悟った。

「――分りました」

と、ルミ子は言った。「じゃ、他の方もみんなワンコーラスだけなんですね」

ゲストに呼ばれている歌手は、百瀬を含めて五人もいる。誰もがワンコーラスだけなら、百瀬も納得するだろう。

「ああ、もちろん」

と、司会者は肯いたが、「一人以外はね」

「一人って……」

「聞いてないのか？　――ああ、ほら、今入って来た」

立食パーティの会場は、込み合っている所と、人のまばらな所ができるものだが、今、人の波は会場の入口へと集まりつつあった。

特に、パーティの様子を伝えようとビデオにおさめているTV局は、大きなカメラを一斉にその方へと向けていた。

「――辻村涼《つじむらりょう》ですね」

と、ルミ子は言った。

「そう。涼君はフルコーラス。仕方ないだろ？　人気商売だよ」

ルミ子は司会者のそばから離れた。

カメラのフラッシュが光り、会場内には自然に拍手が起きた。

ルミ子は、百瀬の所へ戻った。

会場の隅《すみ》の方で、取って来た料理をせっせと食べていた百瀬は、

「――何だか騒がしいな」

と、ルミ子を見て、「どうかしたのか」

「いえ、別に……」

百瀬の近くに、他の歌手も何人か集まって来て

いるが、お互い目も合せない。ステージでは仲良くして見せるが、ライバル同士なのだ。

　司会者が声を張り上げて、

「今、会場に辻村涼さんが入って来ました！　新曲〈パープルライトに抱きしめて〉が、みごと百万枚を突破して話題の辻村涼さんです！　皆様には後ほどその甘い歌声をお届けできると存じます！」

　その言葉に、会場では再び拍手が湧き上った。

「――フン、辻村か」

　と、百瀬が言った。「どこがいいんだ、あんな奴」

　辻村涼は今、二十七歳と言っている。実際は三十過ぎだということは、業界では誰でも知っているが、ともかく童顔で、年上の女性たちに圧倒的な人気がある。

　もちろん、歌もそこそこ上手《うま》い。今の人気から言えば、辻村一人がフルコーラス歌うというのも仕方ないだろう。しかし、百瀬がどう思うか……。

「やあ。少なくとも、見たところでは、怪しい人間には気が付かないね」

　と、片山は言った。

「悪いわね、忙しいのに」

　と、ルミ子は言った。

「どうだい、百瀬さんは？」

「ええ、それが……」

　ルミ子が、司会者から聞いた事情を説明して、

「――百瀬がそれを聞いたら、また怒るだろうと思って」

「なるほどね。何とかなだめて歌ってもらってくれよ。事件を起されても困る」

「ええ、私も――」

と、ルミ子が言いかけたとき、ステージ上のバンドが派手な音をたてて、「私、戻るわ」

ルミ子は急いで百瀬の所へ戻った。

「――そろそろ出番か」

と、百瀬は空《から》にした皿をテーブルに置いて水を飲んだ。

「それでは皆さん！　このパーティにふさわしい、豪華な顔ぶれの歌のパレードです！」

と、司会が声を張り上げて、初めに呼ばれたのは、振袖姿の女性演歌歌手だった。

「まだやめてなかったのか、あいつ」

と、百瀬が言った。

自分がそう言われてもおかしくないということに気付いていない。

しかし、その女性歌手がワンコーラスだけでステージを下りると、百瀬は表情をこわばらせた。

「おい、ルミ子」

と、小声で、「俺も、まさかワンコーラスってことはないよな」

「百瀬さん。みんなワンコーラスなんです」

と、ルミ子は言った。「仕方ないですよ、こういう席ですから」

「みんな？　――辻村もか？」

そう訊かれると、嘘《うそ》もつけず、

「辻村さんはフルコーラスだそうです。今、当ってる曲ですから――」

「そうか」

百瀬は肯いて、「司会者に言って来い。百瀬太朗は具合が悪くなって帰りました、ってな」

「百瀬さん、そんな――」

そのとき、司会者が、

「続いては懐しいヒット曲です！　百瀬太朗さんの〈女の涙船〉！」

「出て下さい！」

と、ルミ子が百瀬を押しやろうとする。

「冗談じゃない！　俺はいやだ」

「お願いですから」

拍手が起っている。今、出て行かなくては——。

「百瀬さん」

ルミ子は百瀬の耳に口を寄せて、「ちゃんと歌ってくれたら、あなたと寝てもいいです」

と言った。

百瀬はびっくりしたように目を見開き、

「——本当だな」

「ええ、本当です」

百瀬はちょっと息をついて、

「分った」

と胸を張り、ステージへと向った。


「こんな歌だったか……」

片山は、百瀬の歌を聞きながら言った。

「何となく憶えてるわ。——熱が入ってるじゃないの」

と、晴美が言った。

そしてホームズは、といえば、関心なさげに、晴美の足下に座っていた。

確かに、百瀬は前に出た振袖の演歌歌手と比べても、はっきり分るほど力をこめて、しっかりと歌っていた。

こういう立食パーティでは、音楽やスピーチがあっても、ろくに聞こうとせず、おしゃべりを続けている人が少なくない。しかし——百瀬の歌が始まると、会場全体が何となく静かになった。

もちろん、水を打ったように静まり返ったわけではないが、それでもかなりの客が話をやめ、歌に耳を傾けているのが分った。

ワンコーラスではあったが、百瀬は最後の音を一段高くして歌い切った。会場からの拍手は、力強く、お義理のものでないことは百瀬にも伝わったろう。嬉《うれ》しそうに手を振って、ステージを下りる。

「――ありがとう！」

ルミ子は、百瀬の手を固く握った。「すばらしかった！」

「ま、こんなもんさ」

百瀬はちょっと照れくさそうに言った。

次の歌手が呼ばれて行く。――百瀬は、

「さ、もう飲んでいいな」

と、息をついた。「そうだ、ローストビーフを食ってなかった」

「取って来ますよ」

と、ルミ子が言ったが、

「いや、俺は厚さを指定するんだ。お前じゃ、そんな真似できないだろ」

と、百瀬はニヤリと笑って、ローストビーフの方へと人をかき分けて行った。

「――良かったですね」

と、晴美がルミ子の方へやって来た。「あれなら殺されなくてすみますよ」

「ええ、私もそう思う」

「しかしな……」

と、片山もやって来ると、「もし本当にここにメールの主がいるのなら……」

「ただのいたずらならいいけどね」

と、ルミ子は言った。

そのとき、足下でホームズが、

「ニャン」

と鳴いて、ルミ子を見上げた。

「何か?」

と、ルミ子がホームズを見る。

「もしかして、メールが……」

と、晴美が言った。

「え? ——あ、本当だ。聞こえなかったわ。猫ちゃん、耳がいいのね!」

メールを読んで、ルミ子はそのまま片山へ渡した。晴美も覗《のぞ》き込む。

〈今夜の百瀬は良かった! こっちも聞いてて、胸が熱くなったぜ。また生き延びたな〉

「——聞いてたんだわ」

と、ルミ子は会場の中を見渡して、「でもこの中の誰なのか、分りっこないわね」

「そうだな……」

片山も、人で溢《あふ》れんばかりのパーティ会場を、ただ眺めていることしかできなかった。

——やがて、

「お待たせいたしました!」

と、司会者が一段と声を張り上げ、「今、歌謡界のトップを走る、我らのスター、辻村涼!」

「オーバーね」

と、晴美が苦笑した。

それでも、会場の拍手は盛大で、いささか気恥ずかしくなるような赤いジャケットを着たスターは、ステージに駆け上って会場に向って手を振って見せた。

「曲はもちろん、〈パープルライトに抱きしめて〉です! どうぞ!」

司会者の言葉が終らない内にバンドが始めてし

まい、最後の「どうぞ」は聞こえなかったが、まあそれは……。

辻村涼が歌い出した。

会場は手拍子で盛り上っていたが、片山と晴美は顔を見合せた。――こんなので、いいの？　二人ともそう思っていることは言わなくても分った。

「――ひどい」

と、ルミ子が呟いた。

明らかに手を抜いているというか、適当に流しているとしか思えなかった。

それでもフルコーラス、歌い終って喝采に包まれると、辻村涼は笑顔を振りまき、ステージを下りた。

ルミ子は、そばにいた顔見知りの芸能記者に、

「辻村さん、ひど過ぎません？」

と、声をかけてみた。

「ああ。辻村、今日ツアーの最終日を終えて駆けつけて来たからな。疲れてるんだろ」

と、記者は言った。「まあ、こんな所じゃ、みんなアルコールが入ってて、ろくに聞いてないからな」

「それにしたって……」

歌が終ったというので、パーティ会場から帰って行く客が何人もいた。

「では、ここで〈Ｒレコード〉代表取締役社長、水原《みずはら》広一郎《こういちろう》様にご挨拶いただきます！」

という司会の声にも、拍手はパラパラと起きただけだった。

マイクの前に立った、赤ら顔の男性は、大分酔っているらしく、

「ええ……今夜は、その……」

と、舌ももつれている。「私としても……大変

におめでたい……」

片山のそばの女性が、

「結婚式のスピーチと間違えてるんじゃないの?」

と、呆れたように言った。

そのとき、ホームズが、

「ニャー」

と、甲高《かんだか》く鳴いた。

「どうしたの?」

と、晴美が言った。

「——大変!」

「誰か来て!」

会場の中に、悲鳴のような声が上った。

「どうしたんだ?」

「分らないわ。でも——」

片山は人をかき分けて、声のした方へと急いだ。

人が固まって立っている。

「どうしました?」

と、片山が人垣を分けて入ると——。しかしそれは床のカーペットの上に倒れた姿だった。

辻村涼だ。仰向《あおむ》けに倒れて動かない。

「どうしたんです?」

と、そばの女性に訊いたが、

「分りません。グラスを空けて——そのまま倒れちゃったんです」

片山は辻村の傍にかがみ込んで、

「医者を呼べ!」

と、大声で言った。「会場に医者がいないか、訊くんだ!」

「分ったわ」

晴美はステージへ駆け上ると、中央のマイクを

つかんで、

「お医者様はいませんか！」

と呼びかけた。「いらしたら手を挙げて！」

「あの……困ります……」

と、司会者は、わけが分らない様子。

　晴美は司会者の方へ、

「早く救急車！」

と怒鳴った。

　一人が手を挙げて、

「医者だが……」

「こちらへ！　急いで下さい！」

　晴美が、片山の所へと駆けつける。

「——おい」

　片山が顔を上げて、「もう死んでる」

と言った。

「晴美ちゃん」

と、ルミ子が言った。「これ見て」

　ケータイを渡す。晴美はメールを読んだ。

〈こいつは歌を冒とくした。真剣に歌わなかった辻村涼は許せない！〉

「まさか……」

　晴美は、倒れている辻村のそばに転《ころが》っている空のグラスへ目をやった。

　会場の客たちがゾロゾロと帰り始めた。

「お兄さん……」

「今さら止められない」

　片山は首を振って言った。

「俺は何も知らないぞ！」

と、文句を言ったのは、百瀬太朗である。

「分ってますよ」

と、マネージャーの立木ルミ子はなだめて、

「でも、片山君たちに少しでも協力したいんです。少し辛抱して下さい」

「全く……。俺は忙しいんだ……」

百瀬が忙しくないことは、ルミ子が一番知っているのだが……。

辻村涼の突然の死。——それは今人気絶頂のスターだっただけに、大ニュースだった。

しかも、おそらくはパーティ会場での飲物に毒物を入れられてのことらしい、となれば、マスコミが騒ぐのも当然だろう。

百瀬とルミ子は、宴会場フロアのロビーの隅でソファに座って、あわただしく行き来する人々を眺めていた。

「——片山君、何か分った?」

ルミ子は、片山が汗を拭きながらやって来ると、訊いた。

「いや、あんな状況じゃね」

と、片山は言った。「パーティの客はみんな帰っちまったし……。もちろん、受付のリストをもとにして、全員チェックしてみないとね」

「大変ね。それに……」

と、ルミ子はためらって、「私たちも、多少は係《かかわ》りが……」

「冗談じゃない!」

と、百瀬が言った。「変に係り合ったら、今度の新曲だって出せなくなる」

「そうね。ともかく、芸能界は警察沙汰になるのを嫌うから」

「だが、あのメールがある」

と、片山は言った。

「ええ。——やっぱり、あのメールを送って来た人間が犯人なのかしら?」

ルミ子のケータイに、〈真剣に歌わなかった辻村涼は許せない!〉とメールをして来たのが何者なのか。

「あのメールには、〈殺した〉とは書いてない」

と、片山は言った。「しかし、動機としてあんなことがあり得るのか……」

歌手が本気で歌わないからといって、殺したりするだろうか?

「俺だって、あれを聞いて、ぶっ殺してやりたいと思ったぜ」

と、百瀬が言うと、ルミ子はあわてて、

「ちょっと! 冗談でもそんなこと言わないで下さいよ!」

「分ってるよ。それに、俺はあいつの飲物になんか近付いちゃいない」

すると——ホームズがいつの間にかやって来ていて、

「ニャーオ」

と、百瀬の方を見上げて鳴いた。

「何だよ? 俺に文句でもあるのか」

と、百瀬がにらみつける。

すると、ホームズがふわりとソファの上に飛び上って、百瀬がケータイを持っていた左手を軽く鼻先でつついた。

「何だよ。——冷てえな。鼻が湿ってる」

と言いながら、百瀬は何と喜んでいた。

「——そうか」

と、片山が言った。「あのパーティに来ていて、持ってたケータイやスマホで、会場の様子を撮ってた人がいるはずだ」

「そうね。撮ってない人の方が少なかったかもしれないわ」

と、ルミ子が言った。

「何気なく撮った映像に、あのグラスに近付いた人間が写っているかもしれない」

と、片山は言った。

「そうよ。ネットで呼びかけてみたら？　今夜のパーティを撮ってた人に、映像を提供してくれないか、って」

「そういう手があるか」

と、片山は肯いて、「課長に話してみるよ。それと……。このメールの件も、隠しておくわけにはいかない」

「殺人事件となればね……。でも、公になったら大変だわ、きっと」

と、ルミ子は言った。

「分ってる。できる限り、捜査員の間だけにとどめるようにするよ。メールの発信元が分れば……」

「その都度、違うアドレスだわ」

「当ってみよう。調べる手があるかもしれない。何しろ僕はその手のことに弱くてね」

「時代遅れなのよ」

と、晴美が言った。

「――それじゃ、私たち、もう引きあげても？」

と、ルミ子は言った。

「うん。もし、またメールが入って来たら知らせてくれ」

「もちろんよ」

片山たちが、また宴会場へ戻って行くのを見送って、

「やれやれ……」

と、百瀬が首を振ると、「ちゃんと新曲出せるのかな」

「頑張りますよ、私が」

と、ルミ子は肯いて言った。「それより——どこにします?」

「何が?」

「このホテルの部屋、取りますか?」

ルミ子は、百瀬に、ちゃんと歌ったら寝てもいいと言ったことを忘れていなかった。

「ああ……」

百瀬は、ちょっと考えていたが、「ま、やめとこう」

と言った。

「え?」

ルミ子は戸惑って、「私、お好みじゃないんですか?」

「そうじゃないよ」

百瀬はニヤリと笑って、「いつベッドへ引張り込もうか、って毎晩考えてるんだぜ」

「でも……」

「キャンペーンで回ってる間はやめとこう。やっぱり仕事とプライベートは分けておかないとな」

「百瀬さん……」

「それに——ほれ、別れた女房もやって来た」

ルミ子は振り向いて、吉谷依子がやって来るのを見た。

「依子さん……」

「とんでもないことになったわね」

と、依子は言った。「ルミ子さん、この人を守ってやって下さいな」

「——もちろんです」

と、ルミ子は言った。「マネージャーですもの、もし殺されそうになったら、私が代りに殺されます」

依子はそれを聞いて、

「――そこまでしなくていいけど」

やや間があって、ルミ子、依子、百瀬の三人が一緒に笑い出してしまったのだった……。

6 懸賞金

今日は夕方から仕事。

厚木小夜は、夫を送り出してから、また少し眠った。

このところ、仕事が忙しくて、この三日間は、二、三時間しか寝ていなかった。

フリーライターとしては、寝不足になるほど仕事があるのは嬉しいが、締切が重なっても文句は言えない。作家じゃないから、

「もう少し待って」

というわけにはいかないのだ。

でも、とりあえず一段落して、ホッとしていた。

普通のサラリーマンの夫とは、顔を合せないことが多かった。今朝は久しぶりに朝食を作って、二人で食べた。

二時間ほど眠ると、ずいぶんすっきりして、たまっていた洗濯物を洗濯機へ放り込み、ザッと部

屋の掃除をした。

　夫、厚木孝士《たかし》は、いい人なのだが、小さいころから、何でも母親がやってくれたようで、家事を手伝うといっても、何をどうすればいいのか、まるで分っていないのだ。

　結局、小夜が手早く片付けた方がよほど早い、ということになる。

「――そうだ」

　小夜は思い出して、自分の机の引出しから、矢崎の部屋、〈５０５〉の鍵を取り出した。

　矢崎敏男が殺され、妻の絹江が自殺未遂で入院。五歳の克也は、おばあちゃんの所に引き取られている。

　それで、絹江から、

「ときどき部屋を覗いて、空気を入れかえて下さる？」

　と、鍵を渡されていた。

〈５０８〉を出て、〈５０５〉へ、むろん、すぐだが――。〈５０５〉のドアの前に立っていたのは……。

「あら、みすずちゃん」

　2号棟の女子高校生、久保田みすずだったのである。

「あ、小夜さん」

　矢崎の事件に関連して、2号棟の神谷と矢崎の妻があらぬ噂を立てられた。小夜も腹を立てたものだ。

　みすずのことは前から知っていたが、その件で、仲良くなっていた。十六歳だが、しっかりして、利発な子だ。

「どうしたの、みすずちゃん？」

　みすずが、何やら気がかりな様子なので、小夜

が訊くと、

「今、下で何だかウロウロしてる男がいて」

と、みすずは言った。

「怪しい人？」

「でも二十歳ぐらいの男の子。で、この棟に入ってったから、エレベーターを見たら、五階で停った。それで私も五階へ上って来たら、入れ違いに乗って下りてった」

「このフロアに用だったのね」

「ねえ、これ……」

みすずが指さしたのは、〈５０５〉のドアの下に少し覗いている手紙らしい物。

「何かしら？　もしかして、その男の子が入れて行ったのか……」

と、小夜は言って、「ちょうど、ここのお掃除しようと思って来たのよ」

持って来た鍵で、〈５０５〉のドアを開ける。

――やはり見えていたのは、四角い封筒だった。

「宛名も何もないわ」

「何かしら？」

小夜はちょっと迷ったが、

「開けてみましょう。絹江さんなら分ってくれるわ」

二人は部屋へ上った。小夜が窓を開けて風を入れる。

そして、小夜は棚に置いてあったペーパーナイフで、封筒を開けた。

中には手紙一枚。

パソコンで打った文字で、

〈懸賞金50万円、確かに受け取りました〉

とある。

「――何かしら？」

と、みすずが首をかしげる。

「〈懸賞金〉……」

と、小夜は呟くように言って、「どこかで聞いたわ」

「宝くじか何か？　でも、どうしてその受け取りがここへ？」

「待って」

小夜はポケットからケータイを取り出して、発信した。「——あ、もしもし」

「片山です」

聞いていたみすずが、

「あ、片山さん！」

「厚木小夜です。今、久保田みすずちゃんと一緒で」

「やあ、どうも。僕の方も、妹とホームズと一緒だよ。まだアパートなので」

と、片山が言った。「何かあった？」

「実は今、矢崎さんの部屋で」

小夜は事情を説明した。

「〈懸賞金50万円〉か」

と、片山は言った。「うん、憶えてる」

「片山さんが何だかそんな話をしていたような気がして」

「矢崎さんのパソコンとケータイを調べさせてもらったんだ」

と、片山は言った。「矢崎さんが、なぜ殺されると思っていたのか、手掛りがないかと思ってね」

「ええ、その話は……」

「メールやラインのやり取りに、それらしい話は出て来なかった。ただ、パソコンに来たメールに、〈懸賞金は50万円になりました〉というのがあって、その意味が分らなかった」

「じゃ、この手紙は――」

「そのまま、持って来てくれるかな？　ビニールの袋に入れて。封筒から指紋が採れるかもしれない」

「分りました」

「私、届けてもいい！」

と、みすずが言った。「今日、テストだったんで、もう帰りなの！」

「じゃ、二人で行きましょ」

と、小夜が言った。「〈５０５〉をちょっとお掃除してから行きます」

「やあ、ありがとう」

片山がコーヒーショップへ入って来ると、小夜とみすずの席へとやって来た。

「どうでした？」

と、みすずが訊いた。

「うん、調べたが、はっきりした指紋は残っていなかったよ」

と、片山は言った。「たぶん、指紋を拭き取ってから、指先でつまんでドアの下に入れたんだろうね」

「あ、片山さん、コーヒー？」

「そうか。セルフサービスだったな。自分で買ってくるよ」

片山が急いでカウンターへ。――それを見ていた小夜が、

「いいわねえ、ああしてパッと動いてくれる人って」

と、ため息をついた。「うちの主人は、それこそ手の届くところにある物でも、『おい、ちょっ

と取ってくれ』だもの」

「私、片山さんみたいな、やさしい人、好きだな」

　と、みすずは言った。「お嫁さん候補に登録してもらおう」

「みすずちゃんは、まだ若過ぎるわよ」

　と、小夜が言った。「私の方がふさわしいわ」

「小夜さん、結婚してるじゃない」

「だから――もし未亡人になったら、よ」

「あ、ひどい」

　と、みすずは笑ったが、「――いけない。矢崎さんの奥さんは……」

「そうだったわね」

　片山がコーヒーを盆にのせて戻って来ると、

「それにしても、〈懸賞金〉って何のことかな?」

　と言った。

「絹江さんも、何も思い当らないんですね」

「そうなんだ。宝くじを買うって趣味もなかったしね。それに、あの〈確かに受け取りました〉っていう文面が妙だ」

「本当ね」

　と、みすずは言った。「矢崎さんからもらった、みたいな書き方だよね」

「うん……」

　片山は首を振って、「こうなったら、何とかして矢崎さんを殺す動機のあった人間を捜すしかないな」

「難しそうですね」

　と、小夜は言った。「私があのとき、もっと詳しく聞いておけば……」

「それは無理だよ」

　と、片山は言った。

そして、ふと——。

「いけね。肝心なことをやっていなかった」

「どうしたの、片山さん？」

「やってみなきゃいけなかった。何をぼんやりしてたんだろう。——矢崎さんが殺された同じ時間のバスに乗ってみるんだ」

「それなら、私が一緒に」

と、小夜が即座に言った。

「うん、よろしく頼むよ」

みすずは面白くなさそうに二人の話を聞いていたが——。


「おはよう」

3号棟の入口で、片山は待っていた。小夜が階段を下りて来て、

「おはよう、片山さん」

と、明るく声をかけた。「あの朝も、矢崎さんと階段で下りて来たんです。エレベーター、待ってても、なかなか乗れないので」

「エレベーターからラッシュアワーか。大変だな」

片山のアパートにエレベーターは付いていない。

「まだ少し早い？」

「そうですね」

小夜は、遠くにバスが走って来るのを見て、

「あれの次に乗ったと思う」

「じゃ、ゆっくり行って……」

と言っていると、エレベーターが下りて来て、扉が開く。

ワッと飛び出して来たサラリーマン数人が凄《すご》い勢いで駆け出して行った。

「あのバスに間に合ないと遅刻なのね、きっと」

と、小夜が言うと、

「――おはよう、片山さん！」

と、元気な声がして、久保田みすずが立っていた。

「君……どうしたの？」

片山がびっくりしている。

「お付合いしようと思って。片山さんと小夜さんじゃ、不倫かも、って思われるでしょ」

「誰も思わないよ」

と、片山は苦笑した。「君は2号棟なんだろ？」

「ええ。学校に行くにはちょっと早いんだけど、片山さんに会いたくて」

言うことがはっきりしていて気持がいい。

「よし、それじゃ三人で同じバスに乗るか」

と、片山は言って、小夜、みすずと一緒にバス停へと歩き出した。

「――〈懸賞金〉の謎は分った？」

と、みすずが言った。

「いや、一向に。矢崎さんのパソコンにあった〈懸賞金は50万円になりました〉ってメールと、何か係ってるに違いないけどな」

「あの手紙入れてった男の人、もう一度会えば分ると思うんだけど」

と、みすずが悔しそうに、「怪しいと思ったら、ケータイで写真撮っとくんだった」

「本当に怪しい人物なら、撮られて黙ってないよ。危いことはしないで」

と、片山は言った。「人が殺されてるんだ。どんなわけがあったか分らないけど……」

三人はバス停へ着いて並んだ。

前のバスが行ったばかりなので、かなり列の前の方に並ぶことになった。

「ここだと間違いなく乗れますけど、この先三つぐらいのバス停だと、バスが一杯で、待ってても乗れないことがあります」

と、小夜が言った。

すると、ケータイを見ていたみすずが、

「へえ！　こんなことがあるんだ」

と、声を上げた。

「どうしたの、みすずちゃん？」

と、小夜が訊くと、

「ほら、歌手の辻村涼が死んだじゃない。パーティで毒の入った飲物飲んで」

「ええ、知ってるわ」

「それって、辻村涼が真面目に歌わなかったからだって」

みすずの言葉に、片山がびっくりして、

「みすず君、どうしてそんなことを――」

「今、ネットで大騒ぎしてる」

そのとき、片山のケータイが鳴った。

「――もしもし」

「片山君？　私、立木よ」

「ああ、今、何だかあのときのことが……」

「そうなの！　あの誰かがネットにメールを出したのよ。〈真剣に歌わない歌手は生きている価値がない〉って」

「君のとこへ来たメールのことは？」

「その話はまだ出てない。でも、同じパーティに出てたんで、二、三件取材が来たけど、結局どこにも使われなかったわ」

と、ルミ子は言った。「それで良かったけどね。だって、もし百瀬が係ってるなんてことになったら……」

「大丈夫。今のところは公表しないでいるよ」

「お願いね。ＣＤの発売まで何とか……」

バスが来るのが見えた。

片山は通話を切って、

「やあ、結構混んでるんだな」

「片山さん」

と、みすずが言った。

「どうした？」

「いえ……。矢崎さんのことと、辻村涼のこと。――メールが出て来たせいかもしれないけど、何となく似た感じがしない？」

そう言われてみると……。

「確かに、誰にも殺されそうもない矢崎さん。真面目に歌わなかった、ってだけで殺された辻村涼か」

むろん、殺された二人につながりはあるまいが、どこか共通した印象を受けるのは確かである。

しかし――ともかく今はバスに乗ろう。

「――奥の方へ」

と、小夜は人をかき分けて、少し奥へ入ると、

「大体この辺に乗ってたと思います」

「これにまたどんどん乗ってくるんだな」

と、片山は言った。

「私、片山さんに密着しちゃおう」

と、みすずが寄ってくる。

「ちょっと！　誤解されると困るから、やめてくれ」

片山はあわてて言った。

――次の停留所が近付いていた。

「矢崎さんが降りたのが次だね」

と、片山は言った。

「ええ。――この辺で、突然言ったの。『僕は殺される』って」

バスが停る。

窓から、矢崎が倒れた辺りが見えていた。

すでにバスは一杯だった。

それでも、さらにギュウギュウ押し込むようにして、バス停ごとに何人かは乗って来た。

——駅に着いて、ドッと人が降りる。

今度は降りるときに、突き倒されないように気を付けなくてはいけなかった。

「——あのバスの中で人を刺すのは難しいな」

と、片山はホッとしながら、「二人とも、もう行くの?」

「まだ早い」

と、みすずが言って、「あそこのモーニングのワッフル、おいしいよ!」

「そういうことは、高校生ぐらいが詳しいわね」

と、小夜が笑って言った。


ともかく、その店に入って、片山はモーニングのトーストを食べた。

「片山さん、辻村涼が殺されたときも、パーティに出てたのね」

と、みすずが言った。「話、聞かせて」

「話といってもね……」

片山がレシートを上着のポケットへ入れて、

「——あれ?」

何か入っている。メモのような、折りたたんだ紙だ。

「こんなの、持ってなかったけどな」

と、片山はメモを開けて、目を疑った。

あの矢崎の家にあった手紙と同様、パソコンで打たれた文字だった。

それを覗き込んで、小夜が息を呑んだ。

〈3号棟〈５０８〉の厚木孝士をうまく殺した人

に、懸賞金50万円〉とある。

「――主人を殺す？」

小夜が愕然として、「何なの、これ？」

「あのバスの中で誰かが入れたんだ」

と、片山は言った。「〈懸賞金50万円〉。――矢崎さんも、これと同じように……」

「あの人、大丈夫かしら？」

小夜があわててケータイで夫へかける。

「――もしもし、あなた？　大丈夫？　――いえ、それならいいの。何となく心配になって……。ごめんなさい」

と切って、小夜はホッと胸をなで下ろした。

「でも用心しないと」

と、片山は言った、「ここには〈うまく殺した人に〉とある。どこでいつやろうと関係ないだろう。ご主人に事情を説明した方がいい」

「ああ、そうですね。でも信じてくれるかしら？」

「僕が出て話すよ」

「お願いします」

小夜は、もう一度夫のケータイへかけた。

しかし――いくら鳴らしても、厚木は出なかった……。

「出ないわ」

と、小夜は言って、ケータイを見ると、「まさか今すぐ夫が狙われるってことはないでしょうけど……」

「うん、しかし……」

片山は少し考えて、「用心に越したことはない。ご主人の会社はどこ？」

「え……。新橋《しんばし》ですけど」

「場所を教えて」

と言いながら、片山はケータイを取り出して発信していた。「――石津か。今すぐ、新橋に行ってくれ」

「新橋のどこですか？」

小夜が手帳に手早くメモして片山に渡した。片山は読み上げて、

「その会社の厚木さんって人を訪ねてくれ。会えたら、すぐ奥さんに電話してくれと言うんだ」

「分りました。電話するように言えばいいんですね」

「俺がそっちへ行くから、厚木さんの身に何か起らないか、ついていてくれ」

「了解です」

小夜はじっと片山を見ていたが、

「片山さん……。そこまでして下さるなんて……。ありがとうございます」

と言った。

「ほんの数分の差で、事件を防ぐことができるかもしれない。後で、ああしておけば良かった、と悔やむようなことにはなりたくないからね」

と、片山は言って、「じゃ、僕も行かなきゃ」

「私も行く！」

と、元気よく声を上げたのはみすずだった。

「だめだよ。学校があるだろ」

「でも――社会勉強」

「だめ」

「つまんない！」

と、みすずはむくれ顔で言った。

ともかく、三人は急いで店を出たのだった……。

「厚木さん！」

と、同じ課の女性社員が、段ボールを積んだ台

車を押している厚木を見て、声をかけた。

「何だい？」

「倉庫に持ってくの、それ？」

「ああ、キャビネの中が一杯になっちまったんでね」

「じゃ、私の所のも持って行ってよ。すぐ取って来るから」

「ああ、いいよ」

「ありがと！　大好きよ！」

　と駆け出して行くのを、厚木は笑って見送った。

　ともかく、人の良さで知られている厚木である。バリバリ仕事をするというタイプではないが、ともかく女性たちに人気がある。

「すぐ取って来る」

　と言った割には、五分以上待たされて、厚木はエレベーターの前でぼんやりしていた。

「そういえば……」

　さっき、小夜がケータイにかけて来たのは、何だったんだろう？

「大丈夫？」「何となく心配になって」

　とか……。

　ケータイは机に置いて来ていた。地下の倉庫に行けば、どうせつながらなくなる。

「――ごめんなさい！」

　と、段ボールを抱えてやって来た女性に、

「いいよ、上にのせて」

「ありがとう！　助かるわ」

「どこに置けばいいんだ？」

「うちの課の棚なら、どう置いてもいい。あ、何が入ってるか、こっち側に書いたんで」

「分った。こっちが見えるように置けばいいんだね」

と、厚木はエレベーターのボタンを押した。

「よろしく！　――今度お昼おごるわ」

言うだけで、すぐ忘れてしまうのだと分ってはいるが、厚木は、

「楽しみにしてるよ」

と返して、扉が開いたエレベーターへと台車を押して入って行った。

〈B1〉へと下りて行く。

ビルの地下一階は倉庫になっていて、このビルに入っている企業ごとに分れている。

エレベーターを出ると、通路を押して行く。

〈R光学〉のパネルのあるドア。

ポケットから鍵を取り出して開ける。

中はかなり広く、明りを点けると、天井まである棚が並んでいる。

「〈庶務〉はどこだったかな……」

倉庫に来るのは、せいぜい二、三か月に一度。

――会社の中でも、〈庶務〉は何となく地味なイメージで、隅の方に追いやられている感があった。

「ここだ」

棚の間を入って行くと、〈庶務〉の札の挟んである所を見付けた。

「よいしょ……」

紙はたまると重い。段ボールも、一つ一つはそれほどでもないが、動かしていると汗が出てくる。

「うーん……。少し奥へやらないとな」

みんな、置きやすい手前に置いてしまうので、奥の方は空いている。

厚木はネクタイを緩めて、近くにあった踏み台を持って来ると、それに乗って、段ボールを動かした。

結構面倒だな……。

しかし、やり始めたら、途中でやめるわけにいかない。

汗をかきながら、せっせと働いていると――。

ドアの開く音がした。

誰か来たのかな？　もちろん、他の課の人間もやって来ることはある。

ドアの閉る音。そして――明りが消えてしまった。

「おい！」

と、厚木は声を上げた。「誰だ？　明りを消したら、何も見えないじゃないか！」

返事はなかった。しかし誰かが入って来たのは確かだ。

足音が――それも、社員のサンダルの音ではない。靴の音が、聞こえて来た。

「誰なんだ？　ふざけるなよ！」

厚木は、棚に手を当てて、暗い中を、ドアのある方へと進んで行った。

「おい、何を……」

と言いかけたとき、ドアが開いた。

「――厚木、いるのか？」

同じ課の男性だ。

「いるぞ、明りを点けてくれ！」

明りが点く。――厚木はホッとした。

「どうしたんだ、明りを消して」

「いや、誰かが――」

と言いかけると、ドアから誰かが出て行くのがチラッと目に入った。

「他に誰かいたのか？」

「うん……。いたんだ、確かに」

と、厚木は言った。

「あ、そうだ。お前にお客さんだ」

「俺に?」

「うん、受付の所で待ってる。刑事さんだぜ」

「え?」

厚木は面食らった。


「あなた!」

小夜は夫の顔を見るなり、思い切り抱きついた。

「おい! ――どうしたんだ?」

厚木が面食らっている。

「良かった! 無事だったのね!」

エレベーターホールだったが、通りかかった女性社員たちが、

「まあ! 厚木さん、すてきよ!」

と、声を上げた。

「どういうことなんだ?」

と、厚木は言った。

「だって、ケータイにかけても出ないから」

「地下の倉庫に行ってたんだ」

「何か変ったことはありませんでしたか?」

と、片山が訊いた。

「変ったことって……」

片山が〈厚木を殺したら50万円〉というメモを見せて、事情を説明すると、

「僕を殺す?」

と、厚木は目を丸くした。「一体、どうして?」

「分らないのよ」

と、小夜が言った。「でも、矢崎さんだって、理由も分らずに殺されたじゃないの」

「ああ。しかし――」

と言いかけて、厚木は、「まさか……」

青ざめた厚木を見て、

「何かあったの?」

「いや……。実は今、倉庫で……」

突然、誰かが入って来て、明りを消したことを話して、「そこへ、同じ課の奴が来たんだ。こちらの刑事さんがみえてると言って、呼びに来てくれて……」

と、石津を見る。

「そのときに、誰かを見ましたか？」

と、片山が訊いた。

「いえ、誰かが出て行きましたが、ほとんど目に入りませんでした」

「片山さん……」

と、小夜が言った。

「うん、どうやら危いところだったらしいね」

「良かった！　あなた！」

小夜は夫をもう一度抱きしめると、「気を付けてね！」

「ああ……。刑事さん、命拾いしたんですね、僕は」

と、厚木は言うと、ドッと冷汗がふき出して来た……。

7

復活

「どういうことなの？」

と、晴美が言った。

「分らないよ、俺だって」

と、片山は言った。

「でも、ともかく石津さんが行ったことで、殺人が一つ防げたのね」

「おそらくな」

「偉かったわ、石津さん」

「はあ、どうも……」

石津が口ごもっているのは、照れているからではなく、食べた肉が口に入っているからだった。

片山たちは、アパートの近くのショッピングモールの中のすき焼の店に入っていた。

むろん、ホームズもテーブルの下で、牛肉を味わっている。

偉かったのは、石津を厚木の会社へ行かせた俺だぞ、と片山は思ったが、口には出さなかった。

「バスの中で、お兄さんの上着のポケットにそんなメモを入れるなんて……」

「うん、考えたんだが、あのバスに俺が乗ると知ってたのは、厚木小夜と久保田みすずの二人だけだ。それに、あの混んだバスの中で、俺のそばに来ようとすれば、かなり強引に人をかき分けなきゃならない」

「だから?」

「俺のポケットにメモを入れたのは、たまたまだったんじゃないか、ってことだ」

「偶然だっていうの?」

「いや、俺だけじゃなかったかもしれないと思うんだ」

「ああ。——手の届く範囲の人のポケットにメモを入れたってことね。それはあり得るかもしれない」

と、晴美は肯いて、「——石津さん、遠慮しないで食べてね」

言われなくても遠慮しない石津だが、逆にそう言われると、ちょっとブレーキが——やはりかからないで食べ続ける石津だった。

「でも、普通のサラリーマンが、いくら50万円もらえるとしても、人を殺したりしないでしょ」

「それはそうだ。しかし、ゲーム感覚でうまくやれるか試してみようって奴ならいるかもしれない」

「そうね。——ネットのフェイクニュースを信じて人を殺しちゃったりする世の中だものね」

晴美はため息をついて、「どうしてこんな世の中になっちゃったのかしら。ね、ホームズ?」

「ニャー」

と、ホームズがテーブルの下から答えた。

「でも、これからどうするの？」

と、晴美が言った。「その厚木さんって人、いつどこで殺されるか分らないんでしょ？　ずっとボディガード付けるわけにいかないだろうし」

「それはそうだよ。ともかく当人に、『充分用心して下さい』と言っといた」

「それでいいの？」

「分らないが、他にしようがないじゃないか。とりあえず、混んだバスには乗らないと言ってたよ」

まず、あのメモを鑑識に回した。何か手掛りが見付かるといいが……。

時間や都合は関係ない世界。

立木ルミ子も、そんなことぐらいは分っている。マネージャーという立場である以上、文句を言うつもりはない。

しかし、それも程度問題というもので……。

初めは午前〇時、つまり真夜中だった。

ケータイが鳴ったとき、ルミ子は風呂から出て、バスタオルで体を拭いているところだった。

急いでバスタオルを体に巻きつけて、

「——もしもし？」

「ああ、百瀬太朗さんのマネージャー？」

「はい、そうです」

「今夜のＴＶに出てほしいんだけど」

「かしこまりました！」

ＴＶ出演！　このチャンスは逃せない。

「お待ち下さい」

急いでメモを取る。「——〈テレビＡ〉に、午後五時ですね。承知しました。よろしく」

百瀬に連絡しなくては。

しかし、またすぐにケータイが鳴った。

「――はい、立木です」

「百瀬太朗さんにね、今夜のワイドショーに出てほしいんだけど」

「はい、ぜひ！」

メモしていると、バスタオルが落ちてしまった。裸でメモを取ると、

「よろしくお願いします」

ホッと息をつく。

「服を着なきゃ……」

と思っていると、またケータイが鳴る。

「あの――もしもし？　少しお待ち下さい」

「待てない！　今夜の午前二時のバラエティにゲストで出てくれ」

「百瀬は歌手で――」

「分ってる。新曲を歌わせるから」

「承知しました。午前二時ですね」

「すぐこっちへ来てくれ。一時前に〈テレビN〉だ」

「あの――待って下さい」

と、ルミ子は目を丸くして、「今夜の、って……」

「だから午前二時だ。あと――一時間五十分ある。間に合せてくれ」

「でも、百瀬に確かめてから――」

と言いかけたが、向うは、

「頼むぜ！」

と切ってしまった。

「大変だ」

急いで百瀬のケータイへかける。つながらなかったら、どうしよう？

鳴っているはずだが、なかなか出ない。

「お願い……。出てよ！」

祈るような思いで口に出すと、

「――何だよ」

と、百瀬が出た。

「良かった！　いたんですね」

「風呂に入ってたんだ」

「すぐ仕度して下さい！　〈テレビN〉に一時に行かないと」

「今すぐ？」

「二時の番組に出てくれって。新曲、歌わせてくれるそうですから」

「ちょっと……。俺、飲んだからな、今夜。声が出るかどうか……」

「お願いしますよ！　せっかくの話です。どうしてもだめなら口パクで――」

「いやだ！」

と、百瀬は言った。「分った。コーヒーを濃くいれて、ポットで持って来てくれ」

「了解です！　二十分で迎えに行きます」

ルミ子は大きく息を吐いて、「――良かった！」と言ったとたん、クシャミをした。

何しろずっと裸のままだったのだ……。

「あの後も、二件、かかって来たんですよ」

車のハンドルを握って、ルミ子は言った。「どういうことだか私にも……」

〈テレビN〉に向っている車の中、百瀬は後部座席で、

「アー……。アー……」

と、発声練習をしている。

TV局に着くまでに、少しでも喉を慣らしてお

かなくてはならないのだ。

「百瀬さん。終ってから何か夜食、とりますか？」

「ああ、できればな。軽いものでいい。明日もTV、あるんだろ？　寝不足の顔で出たらすぐばれるからな」

「分りました。何か考えときます」

車は〈テレビN〉の駐車場へと入って行った。


「おい、どうなってるんだ？」

と、百瀬が言った。

「仕方ないですよ。何とか適当に……」

「適当に、ったって限度があるぜ」

百瀬はふくれっつらをしていたが、本気で怒っているわけではなかった。

ただ、午前二時からの生放送の番組で共演するのが、十八歳の女の子ばかり十人のグループ。

本番前に、キャアキャアとはしゃいでいて、百瀬のような「古いタイプ」の歌手にはとても理解できない子たちだったのである。

「何の話をすりゃいいんだ？　生放送だぞ」

「何とかうまくやって下さいよ」

と、ルミ子は言った。「お願いですから、『馬鹿らしい』っていう顔だけはやめて下さいね」

「黙ってるよ。それでいいんだろ」

「よろしく。歌はちゃんとカラオケCD、渡してありますから」

と、ルミ子は言った。

そして――本番が始まった。

夜中の番組といっても、別に色っぽい話が出るわけでもなく、局の若手のアナウンサーの司会で、女の子たちがおしゃべりする。

それも他愛《たわい》のない話で、面白がっているのは自分たちだけ、という感じ。スタジオの隅で眺めていて、ルミ子はちょっと呆れてしまった。

それでも、途中で女の子たちのグループが持ち歌を踊りながら歌う。その動きには、ルミ子などとてもついて行けない、弾《はじ》けるような躍動感があった。

しかし、歌はＣＤを流して口パクというやつだ。もっとも、こういう子たちのファンはそんなことにこだわらないのだろう。

それより、踊った後にトークの席に戻って来ても、ほとんどの子が息も切らしていないことに、ルミ子は感心した。

百瀬は、女の子たちと少し離れて座っていたが、まあ十代の女の子が、目の前にズラッと並んでいるのだから、話はともかく、見ているのは楽しいようだ。

そして、番組の半ば過ぎで、司会のアナウンサーが、かなり唐突に、

「今話題の歌手、百瀬太朗さんです！」

と紹介した。

今話題の、って？　何が話題なの？

ルミ子だけでなく、百瀬当人も、少し戸惑っている様子だったが……。

「今、ＳＮＳで、百瀬さんのことが『本気で歌う人！』といって、沢山取り上げられてるんです、ご存じでしたか？」

百瀬がチラッとルミ子の方を見る。ルミ子は肩をすくめた。

「いや……。そういうのは、あまり詳しくないんで」

と、百瀬が言うと、女の子たちから、

「でも凄かったですよね！」

「ねえ、ワーッと力一杯歌ってて」

「私たちなんか、出る音域が狭いから、いつも作曲家の先生が嘆いてるもん」

「本当！　この間も言われた。『あと二、三音上まで出るなら、名曲を書いてやるのに』って」

「私も言われた！」

と、キャアキャア笑っている。

――そうか、とルミ子はやっと思い当った。

あのパーティで、辻村涼が「真剣に歌っていない」というので殺されてしまった。そのときの映像がネットに流れたことは、ルミ子も知っていた。

そのとき、百瀬が歌ったところも、映像が流れたのだ。あのとき、確かに百瀬は力が入っていた。

「で、今夜はせっかくおいでいただいたので、新曲をここで、歌っていただければと思います！　よろしいですか？」

「はあ、それでは……」

いいも悪いも、そのために来ているのだ。

女の子たちも一斉に拍手する。

「では、用意の方を」

と促《うなが》されて、百瀬はさっき女の子たちが踊っていたフロアへ出て行くと、マイクを渡され、ちょっと咳払《せきばら》いした。

音楽が流れる。――女の子たちが、目をキラキラさせて百瀬を見つめていた。

百瀬も悪い気はしないはずだ。

マイクの使い方などは、さすがにベテランで、さまになる。

歌い始める。声はよく出ていて、ルミ子はホッとした。

しかも、ＴＶ番組としては珍しくフルコーラス、歌わせてくれたのだ。

マイクを通した声は放送へ流れるが、生の声だけでも、朗々と歌い上げると、スタジオ一杯に響き渡った。

終ると、女の子たちが、

「凄い声！」

と、口々に言って盛大に拍手をする。

百瀬はうっすら汗をかいていた。——ルミ子は、そっと拍手した。

そして——気が付いた。あの司会者、歌のタイトルを言ってない！

ルミ子はあわてて、近くのスタッフをつついて、

「タイトルを言って下さい！」

と、小声で言った。

あわててメモが司会者へ渡る。

「——ええと、すばらしい歌でしたね。曲のタイトルは何というんですか？」

知らないのか！

「〈六本木で待つ女〉です」

と、百瀬が言った。

「私、六本木で待っちゃおうかな！」

「私も！」

と、大笑いになって、百瀬の出番は無事に終ったのだった。

ＴＶ局の近く、二十四時間営業のファミレスに入って、ルミ子はサンドイッチをつまんだ。

百瀬の方は、歌ってお腹《なか》が空いた、というので、しっかりカツ丼を取っていた。

「どうして急にＴＶの出演依頼が、あちこちから来たのか、分りましたね」

と、ルミ子は言った。「ＳＮＳで話題になったんで、番組の人が目をつけたんですよ」

「まあ、ＴＶは顔も売れるしな」

と、百瀬は言った。

「この勢いで、ＣＤを売りましょ」

ルミ子はコーヒーを飲んで、「女の子たちにももてたし、良かったじゃありませんか」

「ああ」

と、百瀬が肯いて、ポケットからカードのようなものを取り出した。「気が付いたら、これがポケットに入ってた」

「何ですか？」

「ケータイの番号だ。あの女の子たちの誰かが帰りがけに入れたんだな」

「だめですよ！」

ルミ子はそのカードを手に取ると、二つに裂いた。「相手、十八ですよ。やめて下さいね、本当に！」

「分ってるよ」

と、百瀬は笑って、「肝心なときだ。危いことはしない」

「そうですよ！　今の女の子たちって、何考えてるんだろ」

百瀬は、しかし黙っていた。――ポケットに、同じようにケータイ番号を書いたメモがもう一枚入っていることを。

「あと十分で着きます。――はい、承知してます。よろしくお願いします」

車が赤信号で停っている間に、立木ルミ子は行先のＴＶ局へ連絡を入れた。

「百瀬さん」

車を出しながら、ルミ子は後部座席の百瀬太朗へ言った。「向うに着いたら、すぐスタジオ入りです。大丈夫ですか？」

「ああ、平気だ」

百瀬は車の中で、ＴＶ用の上着に着替えていた。ルミ子はバックミラーをチラッと見て、「その上着に、ネクタイの色、合ってませんよ」

「——そうか？　俺は色彩感覚には自信があるんだがな」

こういうことを言うときは上機嫌だ。

急に忙しくなって、今日も三つのＴＶ局を回らなくてはならない。しかし、マネージャーとしては嬉しい悲鳴だ。

「だけどな、ルミ子」

と、百瀬が言った。「もう二時だぜ。昼飯はいつ食べるんだ？」

「辛抱して下さい。この番組が終ったら、次まで時間があります」

「どこか旨《うま》い店を捜しとけよ」

「分ってます」

その辺、抜かりはない。百瀬にも分っていた。

「——生放送ですから、一曲は必ず歌わせてくれますが、時間が余るようなら、もう一曲歌ってもいいと言われてます」

ルミ子の口調も弾んでいる。「そのときは〈女の涙船〉でいいですね？」

「ああ、サービスだ」

かつてのヒット曲を歌うことに抵抗があった百瀬だが、今、こうして昔のように引張りだこになると、その自信が、そんな抵抗感を拭い去ってくれるのだろう。

「もうじきです」

と、ハンドルを握ったルミ子が言った。「明日はＴＶ、一つだけですから、ゆっくり寝てられますよ」

「おい、お前は知らないだろうが、〈女の涙船〉が大ヒットしたときは、ろくに睡眠なんか取れなかったんだぞ。それでもまるで疲れなんか感じなかった。夜は飲んで騒いで、女を抱いて……。あのころに比べりゃ、これぐらいの忙しさ、どうってことない」

「百瀬さん、年齢《とし》を考えて下さいよ。十年近くたってるんですよ」

と、ルミ子は言った。「それに時代が違います。名前につられて寄って来る女の子を抱いたりしたら、すぐＳＮＳに流れて大変なことになりますよ」

「分ってるよ」

と、百瀬は肩をすくめて、「全く、面白みのねえ世の中になったもんだ」

車はＴＶ局の建物の地下へと入って行った。出演者が出入りする車寄せがある。

車を駐車スペースへ入れて、ルミ子は番組のプロデューサーにケータイで連絡を入れた。

「――すぐ迎えに来ます」

ＴＶ局の出入りは厳しい。顔が知れていても、すぐには入れてくれないのだ。

百瀬は、ポケットのケータイにメールが来ていることに気付いていた。さりげなく見ると、

〈今、同じＴＶ局に来てるの。終ってから会えない？〉

共演した深夜番組で、百瀬のポケットにケータイ番号のメモを入れた女の子だ。

一瞬、百瀬の心が動いたが、この次の仕事まで

に、それほどの時間はない。

〈残念だけど、今日は時間が取れないんだ。またね〉

と、手早く返信する。

「あ、どうも！　立木です」

ルミ子が、やって来たプロデューサーに挨拶して、「百瀬さん！　入りましょ」

と、声をかけた。

スタジオに向っている途中、ルミ子のケータイが鳴った。事務所の社長からだ。

「立木です。――今、〈Sテレビ〉です。これから生放送で。――え？　――ああ、分りました。午前十時ですね」

百瀬がちょっといやな顔をしてルミ子を見た。

ルミ子はケータイをしまうと、

「明日、十時からホテルNで、辻村涼さんの〈お別れの会〉があるんですって。社長から、百瀬さんも出席してくれって」

「おい……。朝の十時か？」

と、顔をしかめた百瀬だが、この局のプロデューサーが一緒で、話を聞いているので、「――分った。迎えに来てくれ」

と言わざるを得なかった。

「黒のスーツ、ありましたよね」

「どうだったかな」

「用意します。じゃ、九時十五分に」

「分ったよ」

ゆっくり寝てられないじゃないか、と百瀬はむくれたが、プロデューサーが、

「明日の〈お別れの会〉は、うちもワイドショーで中継するんです」

と言ったので、それなら、といくらか機嫌が直

ったのだった。

スタジオから廊下へ、ゾロゾロと女の子たちが出て来た。

「あ、百瀬さんだ！」

と、一人が言った。

ルミ子は、この前の深夜の番組で共演していた女の子たちだと気付いた。

「この間はありがとう」

と、ルミ子が笑顔で言うと、

「楽しかったです！」

「ねえ！」

と、百瀬に手を振っている。

百瀬の歌や、演歌には詳しいルミ子だが、この手の女の子たちの似たようなグループのことはさっぱり分らない。

それでも、百瀬のポケットにケータイ番号のメモを入れた子がいたと知って、後で調べてみた。

〈プリンセスＡ《エース》〉という女の子十人のグループで、〈プリＡ《エー》〉の通称で知られていると分った。

どの子がそれなのだろう？

でも——何といっても、まだみんな十八歳だ。本気で百瀬と付合おうとしているわけではないだろう。

「——百瀬さん、どうも」

スタジオから、ディレクターが出て来た。

ルミ子は頭を切り換えると、百瀬の後ろについて、スタジオへと入って行った……。

8　別れの言葉

百瀬太朗の前に飛び出して行って、真直《まっす》ぐに指さして、

「あんたのせいで、涼ちゃんは殺されたのよ！　あんたも死ねばいいんだわ！」

と叫んで——やりたかった。

でも、そうはいかない。この〈お別れの会〉の会場で、そんなことはできない。

分ってはいたが……。

紀保《きほ》の視線は、どうしても前の方の席に座っている百瀬太朗の後ろ姿へと向いてしまうのだった。

「——結構時間かかりそうだね」

と、隣に座った恵《めぐみ》がそっと言った。

「うん……。大勢来てるからね」

と、紀保は言った。

「早めに来て良かったね。座れないところだったよ」

ホテルの一番広い宴会場で、辻村涼の〈お別れの会〉は開かれていた。椅子も数百は並べてあったのだが、会が始まる前に、すっかり埋って、歌手仲間などのスピーチを、大勢が立って聞くことになってしまった。

百瀬などは、初めから前の方に席が用意されていた。しかし、紀保と恵はかなり後ろの方で、辛《かろ》うじて座れたのだった。

野本《のもと》紀保と三坂《みさか》恵。――二人は、〈プリンセスＡ〉のメンバーだった。

〈プリＡ〉は、辻村涼のコンサートで共演したことがあり、今日の〈お別れの会〉にも、事務所の社長から、

「一応出席しろ」

と指示されていた。「だが、全員行くこともないだろう。恵と紀保、二人で行って来い」

三坂恵は〈プリＡ〉のリーダー。野本紀保はサブリーダーという立場だ。

「黒の服がなくて焦っちゃった」

と、恵が言った。「これ、お姉ちゃんからの借り物なの」

「私は持ってたから……」

紀保は、全メンバーが十八歳という公称の中、一人だけ年上の二十歳だった。もちろん、見た目でそう違うわけではないし、メンバーでもそのことを知っているのはリーダーの恵だけだ。

恵は退屈そうに欠伸《あくび》をかみ殺している。そして言った。

「〈辻村涼〉って本名だったのかな」

紀保は一瞬ムッとして恵をにらんだが、そうと気付かれない内にさりげない表情に戻って、

「たぶんそうだよ」

と言った。

――そんなことも知らないの？　辻村涼。涼ちゃんのことを、あんたは何も知らないのね！

また欠伸して、眠そうにしている恵を横目で見て、紀保は正面の花に埋もれた辻村涼の写真へと目をやった。

あのチャーミングな笑顔を見るのは辛《つら》かった。

――涼ちゃん、もう私に笑いかけても、キスしてもくれないのね。

野本紀保は、辻村涼の恋人だった。公称二十七と二十歳。まだ急いで公表する時期ではなかった。

「今の曲の騒ぎが、落ちつくまで待ってくれ」

と、涼は言っていた。「今はともかく〈パープルライト〉で目が回りそうなんだ」

「分ってるわ」

と、紀保は言った。「でも、時間ができたときは、こうして会ってね」

「うん。一時間でも空いたら連絡するよ」

ベッドの中で、紀保は涼にしがみつくように抱きついた。

もちろん、実際には、涼も紀保もスケジュールは一杯で、会って抱き合える機会はめったになかった。

それでも、紀保は幸せだった。涼は「一、二年の内に結婚しよう」と言ってくれていたのだ。

「僕らの子供を作ろう」

と言ってくれた涼……。

それなのに……。どうして？

パーティで、〈真剣に歌わなかった〉から殺された？　そんな馬鹿な話！

一方で、熱唱した百瀬太朗は誉《ほ》められていたという。――許せない！　殺されるのなら、涼ちゃんでなくて、百瀬だろう。

もう過去の人なんだ。ずっと昔に、一曲ヒットを出しただけの歌手。

涼ちゃんはデビュー以来、ずっとトップの人気を保ち続けた。出る曲は次々にヒットした。

涼ちゃんを百瀬なんかと一緒にしないでよ！

「では、献花をお願いいたします」

という司会者の声に、紀保は表情をひきしめて座り直した。

百瀬を前の方に座らせて、自分は一番後ろの入口に近い列に腰かけていたルミ子は、会場へスタスタと入って来た三毛猫を見て、

「あ、ホームズ」

片山と晴美が立っていた。晴美がルミ子の方へちょっと手を振る。

ルミ子は晴美を手招きして、晴美がそばに来ると、立ち上った。

「晴美さん、座って」

「え？　いいわよ、そんな」

「私は仕事で来てるんですもの。ホームズと一緒に」

と、晴美を座らせて、自分は片山のそばに行った。

「――百瀬さんは？」

と、片山が訊いた。

「歌手仲間や作曲家、作詞家の先生たちは前の方に。ほら、今、献花に立つところだわ」

と、ルミ子が言った。

「みんな黒のスーツで、後ろから見てると分らないな。――ああ、分った」

片山は席に座る百瀬を認めた。「――その後、

何か変ったことは？」

「今のところ大丈夫。ともかく、あのパーティでの熱唱の映像が話題になって、あちこちから声がかかってるの。百瀬も昔みたいに張り切ってるわ」

「そうか。——あのパーティの映像を送ってもらってね、二十件ぐらい集まったんだが、残念ながら手掛りにはならなかったよ」

「そう。百瀬もね、あのとき辻村涼さんが殺されちゃったのが、自分と比較されてのことみたいだから、そこは気にしてるの」

「でも、百瀬さんのせいってわけじゃ……」

「そうなんだけど、SNSでは、百瀬のせいで、こんなことになった、っていう書き込みもあって……。読んでるのは私で、百瀬は知らないんだけどね」

「それもマネージャーの仕事？　大変だね」

「まあね。——でも、TVに沢山出てるおかげで、新曲のCDがとてもよく売れてるの。百万は無理でしょうけど、十万くらいは行くかも。——今、百瀬のような歌謡曲で、十万行ったら大したものなのよ」

「それは良かったね」

と、片山は肯いて言った。

前列の方から献花が進んでいる。

ルミ子のケータイが鳴った。

「あ、メールだわ。切るの忘れてた」

と、ルミ子がバッグからケータイを出して見ると、愕然とした。「片山君！」

「どうした？」

「見て！」

メールには、〈10万枚といわず、30万枚はいくと思うよ〉とあった。

「今の話を……」

「そばにいたんだ」

片山は周りを見回したが、黒いスーツの男女が大勢並んでいるだけだ。

「失礼します」

片山は入口にひしめき合っている人たちの間を抜けて、ロビーへ出た。

しかし――一体どんな人間を捜せばいいのかも分らない。ロビーは、次々にやって来る黒いスーツの男女が行き交っていた。

「――どうしたの?」

晴美がホームズを抱えて出て来た。そしてメールを見ると、

「まあ!　ここに来てたのね!」

「大胆な奴だ」

片山は首を振って、「いつもそばにいる、ってことを言いたかったのかな……」

「誰なのかしら」

ルミ子は薄気味悪そうにロビーを見回した。

そこへ、

「――どうしたんだ?」

と、やって来たのは百瀬だった。

「百瀬さん!　どこから出て来たんですか?」

「ああ、献花台の脇の出口から出て帰るようになってるんだ。一旦席に戻ったけど、辻村と個人的に親しかったわけじゃないしな。出て来た。どうする?　もう帰るか」

「せっかく来たんですもの、献花していきますよ」

「じゃ、ラウンジでコーヒー飲んでる」

「分りました」

片山たちも、ルミ子と一緒にまた会場へ入ろうとした。すると、

「君」

と、ルミ子の方へ声をかけて来たのは、白髪の垢抜けた紳士で、「百瀬太朗のマネージャーかね？」

「そうですが……」

「そうか、僕は渕野《ふちの》邦彦《くにひこ》という作曲屋だ」

「え！」

ルミ子が目を見開いて、「渕野先生でいらっしゃいますか！　初めてお目にかかります」

あわてて名刺を出そうとして、バッグを落っことしてしまう。するとホームズがトコトコと駆けて行って、名刺入れから半分飛び出した名刺をくわえてその老紳士を見上げた。

「これは恐れ入った」

と、老紳士は笑って、「ありがとう。――ちょっと猫離れした猫ちゃんだね」

と、名刺を受け取った。

「立木ルミ子君か」

「失礼しました！　つい焦ってしまって」

「百瀬君の新曲、評判がいいようじゃないか」

「ありがとうございます！　おかげさまで久しぶりの新曲を……」

「僕も聞いたがね。悪くはないが、百瀬君の一番いいところが出ていない。そこが惜しいね」

「はあ……」

「どうだろう。僕に一曲書かせてもらえないか？」

「先生が作曲して下さるんですか？　それはもう――。百瀬も大喜びです」

「じゃ、一度僕のスタジオに来てくれたまえ」

「かしこまりました！」

「じゃ、そのときに」

と、軽く微笑んで、渕野邦彦は若々しい足取りで行ってしまった。

「ああ、びっくりした！」

ルミ子は落としたバッグを拾い上げると、胸に手を当てた。

「そんなに偉い人なの？」

と、片山が訊く。

「ええ。いくつもミリオンセラーを作曲してるの。でも、マスコミにもほとんど出て来ないから、顔もよく知られてない。——渕野邦彦に作曲してもらえたら……。百瀬に言わなきゃ！」

「献花してからにしたら？」

と、晴美に言われて、

「あ、そうだ。何しに来たのか忘れてた」

と、ルミ子は言った。


私、ちょっと用があるから、ここで。

そう言おうとした野本紀保は、

「私、用があって。また明日ね」

三坂恵からそう言われて面食らった。

「ああ……。それじゃ」

紀保はホテルのロビーで足を止めた。恵は足早にロビーの奥へ入って行く。

恵ったら……。こっちが言おうとしてたことを。

でも——化粧室に行ったのかしら？　今の口調では、そんな風でもなかったけど。

ともかく、恵と別行動になったのは助かった。紀保も、もちろん辻村涼の写真を見ながら、献花して来た。

でも、私は他の人たちとは違うんだ！　大勢の人がやって来ていたが、本当に〈お別れ〉をしに来た人は、どれくらいいたか。

　ほとんどは仕事上のことで、義理でやって来た人たちだ。そんな人たちの中に埋もれるなんていやだ！

　むろん、分っている。辻村涼の体はとっくにお骨になってしまった。紀保は、涼のお葬式には出られなかったのだ。

　ごく親しい身内だけのお葬式だったのである。でも――本当なら私だって「親しい身内」だったのだから、参列したかった……。

　紀保と涼の関係は、涼の家族も知らなかった。今思えば、結婚の約束までしていたのだから、涼の家族には話しておけば良かったのだ。

　でも――まさか、こんなことになるなんて……。もう、今さら何とも言いようがない。

　もう一度、あの涼の写真と向き合いたい。紀保はそう思っていたのだ。エレベーターの方へ戻ろうとして――。

　ラウンジが見渡せた。目立つ席に、百瀬太朗が座っていた。

　誰かを待っているのか、ケータイを眺めている。すると――誰かからかかって来たらしく、話をしている。

　エレベーターを待ちながら、何気なくラウンジの方へ目をやっていると――。

「恵？」

　何と、三坂恵が、足早にラウンジへ入って行ったのである。そして、百瀬の向いの席に腰をおろした。

　まさか……。

　しかし、どう見ても、百瀬は恵と顔を寄せて、楽しげに話している。二人の手はテーブルの上で重なっていた。

恵が？　――何てこと！

ゆっくり話しているわけにはいかなかったらしい。恵は心残りな様子で立ち上ると、百瀬に何度も手を振って、ラウンジを出た。

「驚いた……」

紀保は思わず呟いていた。

もちろん、〈プリA〉のメンバーにも、恋人やボーイフレンドのある子はいる。でも、百瀬はもう三十代後半、恵は十八だ。

これは……何か役に立つ「情報」かもしれない。

いつの間にかエレベーターの扉が開いていて、紀保は危うく乗りそこなうところだった……。

9　ボディガード

「もう大丈夫だよ」

と、厚木は言った。

「いいえ、だめ！」

妻の小夜はしっかり首を振って、「ちゃんとあなたが会社に入るのを見届けるまでは」

「やめてくれよ。会社の女の子に見られたら、何て言われるか……」

「僕にはボディガードがついてるんだ、って言えばいいじゃないの」

「まさか……」

「分ったわよ。じゃ、そこのビルの入口で見送ってあげる」

小夜は厚木の勤める〈R光学〉の入ったオフィスビルの玄関の所で、夫がエレベーターに乗るのを見届けた。

「よし、と……」

そう呟くと、小夜は一つ息をついて、「せっかく都心に出て来たんだから……」

デパートで、何か今夜の食べるものを買って帰ろう。——でも、デパートは十時にならないと開かない。

夫の朝九時の出勤に間に合うように、一緒に家を出ているのである。もう今日で五日め。

もちろん、夫の定年まで続ける——つもりはない！　あの、夫を殺したら50万円、というふざけた紙を人のポケットへ入れた奴が捕まるまでだ。

片山が、あのバスの乗客に呼びかけたところ、同じメモをポケットへ入れられていた人が少なくとも他に五人いたことが分った。

ほとんどの人はメモをいたずら書きと思って捨てていたが、取っておいた人が二人いて、片山はそのメモを調べたが、同じもののコピーで、手掛りにはならなかった。

「本気にした人がいたのかどうか分らないがね……」

と、片山は言ったが、厚木が地下倉庫で危うく襲われかけた（らしい）ことは確かだ。

というわけで、それから毎朝、小夜は夫に付き添って来ているのである。

もちろん、小夜も仕事があり、いつまでもこれを続けてはいられないし、朝はともかく帰宅時はついていられないのだから、これは小夜の自己満足に近い。

それでも、小夜はこの一件で夫との間が今までよりずっと近くなった気がして、嬉しかったのである……。

デパートの近くまで、ゆっくりと歩いて、朝から開いている喫茶店に入り、十時になるのを待つ。

「トーストとコーヒー」

厚切りの香ばしいトーストを食べるのが楽しみになっていた。

「――いらっしゃいませ」

喫茶店に、ジャンパー姿の大学生らしい男の子が入って来た。そして、小夜とずっと離れた席に座ると、

「ホットミルク。あんまり熱くしないで」

と、注文している。

お腹が弱いのかしら、と小夜は思った。見るからに神経質な感じがする。

最近の男の子は繊細ね……。

コーヒーが来ると、小夜はブラックのまま飲んだ。

しかし、小夜がその「繊細な」男の子がいじっているケータイを覗き込んだとしたら、びっくりしただろう。

〈厚木孝士はなかなか狙うチャンスがない。奥さんの方を殺して25万って、どうかな？〉

「ちょっと――ごめん」

バスは大分混み合っていて、バス停が近付くと、久保田みすずを押しのけて出口の方へ行こうとする男がいた。

みすずはややムッとしたが、このバスに乗り慣れてないんだろうと思って、

「大丈夫ですよ」

と、その男に言った。「大勢降りますから、私も降りるし」

「ああ……」

男はその場で足を止めていた。

バス停に停って、扉がシュッと開くと、みすず

の前にも五、六人が降りて行った。そしてみすずも。

夜の早い季節である。もうすっかり暗くなっていた。

みすずは、もちろん自宅のある2号棟へと歩き出したが、すぐ後ろで、

「あれ？　——こっちか」

と呟くのが聞こえて振り返った。

バスの中で、みすずを押しのけようとした男だ。みすずと同じ方へ歩きかけて、間違っていたことに気付いたらしい。

3号棟の方へと歩き出した。

団地の中、歩道には街灯がいくつもあってかなり明るいが、各棟のナンバーは、外壁に大きく描かれているものの、夜になるとよく見えないのだ。

みすずは、足早に2号棟へと歩いて行き、エレベーターのボタンを押した。部屋は〈311〉。三階なので、エレベーターがずっと上の方ばかりに停っていたら階段を上る。

でも、今は四階に停っていたので、ボタンを押したのである。

そして、エレベーターに乗ると——。

「え？」

あの男の人、もしかして……。

三階でエレベーターを降りると、みすずは階段を駆け下りて、2号棟から外へ出た。

3号棟の入口までは少し離れているので、よく見えなかった。しかし——今は出入りする人影はない。

「でも……たぶん、あの人……」

殺された矢崎の部屋のドアの下に、〈懸賞金50万円、確かに受け取りました〉という手紙が差し

込まれていた、あのとき……。

　3号棟のエレベーター辺りで見かけた若い男。今、バスを降りたのはあのときの男じゃないかしら？

　もちろん、あれぐらいの若い男なんて、いくらでもいる。みすずも、そうはっきり顔を見たわけではない。

　でも……もしそうだったら……。

　みすずは少し迷ったが、ケータイを取り出した。


　車は2号棟の少し先に停った。

　みすずが駆けて行くと、片山と晴美、そしてホームズも降りて来た。

「片山さん！　ごめんなさい、私の勘違いかもしれないのに……」

　と、みすずが言うと、

「何でもなきゃ、それに越したことはないけど、知らせてくれてありがとう。どんな小さな手掛りでも大切なんだ」

「むだ足も捜査の一部なのよ」

　と、晴美が言って、ホームズが、

「ニャー」

　と、同意した。

「ありがとう、ホームズ」

　みすずがしゃがみ込んでホームズの頭を撫でる。

「その男はどこへ行ったか、分るかい？」

　と、片山が訊いた。

「3号棟のエレベーターの所へ入ってたら、こっちから見えないんだよね」

「この時間はバスで帰ってくる人も多いだろう。3号棟に入ろうとするのを待ち伏せしようっていうのなら、機会はあまりないだろうけど」

「でも、片山さん、バスは混んでても、降りてからみんな、この辺の棟にバラバラになるから……」

「用心に越したことはないな」

片山は、厚木孝士のケータイへ電話した。

「――今、駅に着いたところです」

と、厚木は言った。「何しろ家内が『真直ぐ帰って来い！』ってうるさいもんですからね」

と笑った。

「分りました。バス停の所にいますから」

「すみません、お手数で。あ、バスが来ました。じゃ――」

――片山は通話を切って、

「小夜さんが心配してるんだな」

と言った。

ホームズがひと声、催促するように鳴いた。

「小夜さんにもかけたら？」

と、晴美が言った。

「そうだな」

片山は小夜のケータイへかけたが――。

――小夜は、そのとき夫より一本早いバスで、すでに団地へと向っていた。

朝ほどではないが、バスはかなり混んでいて、バッグの中で鳴るケータイに気付かなかった。

早く、夫の無事な顔を見たい、と小夜は思っていた。

打合せも、いつもならどこかで飲みながら、となることも珍しくないのだが、終ると、

「ちょっと急ぎますので」

と、さっさと失礼してしまう。

――もうじきだわ。

出口の近くに立つ小夜は、バス停が近付いてくると、

「あら」

と、声を上げた。

バス停のそばに立っているのは、みすずちゃんと片山さんたちだわ――。

まさか、何かあったわけじゃ……。

扉が開いて、小夜が降りると、

「あ、小夜さん！」

と、みすずが言った。

「どうしたんですか？」

と、小夜が訊く。

みすずの話を聞いて、

「まあ。――それじゃ、主人もすぐ帰って来るんですね」

「さっき電話で、『バスが来た』と言っていたから、たぶんこの次くらいじゃないかな」

と、片山は言った。

「何だ。分ってれば一緒に帰って来たのに」

「小夜さん、毎日会社までついてくんだって？」

「え？　どうして知ってるの？」

「孝士さんからメールもらった」

「あの人ったら」

と、小夜は笑った。

「ニャー」

ホームズがスタスタと歩き出して、振り向くと、ひと声鳴いた。

「そうか。3号棟の安全を確認しに行こう」

と、片山は言った。「君らは厚木さんを待っているといい」

片山とホームズは3号棟の入口を入ると、エレベーターの付近を見て回った。

「誰もいないな」

と、片山は言った。

「ニャー」

　ホームズが3号棟を出て行く。片山もそれについて行った。

　ちょうど次のバスがやって来て、厚木が降りて来るところだった。

「あなた、お帰り」

「何だ、どうしたんだ？」

　と、厚木が目を丸くしている。

「みんなでお出迎えよ」

　と、みすずが言った。「さ、みんなボディガードだから、3号棟まで送ってく」

「何だか、凄い重要人物になったみたいだな」

　と、厚木が笑った。

「私にとっては重要人物よ」

　と、小夜が夫の腕を取る。

「わあ、当てつけないで！」

　と、みすずが声を上げた。

「エレベーター、来てる」

　と、小夜が言った。「どうもありがとう、片山さん」

「何もなくて良かった」

　エレベーターの扉が閉じて、上って行く。

　五階に着いて、扉が開いた。

　厚木と小夜がエレベーターから降りる。

　そのとき、傍らの階段をタタッと下りて来る足音がした。

　ジャンパーを着た若い男が、厚木と小夜を見て足を止めた。その手にナイフが光っていた。

「小夜！」

　厚木がとっさに小夜を自分の後ろにかばった。

　男がナイフを構えて——。

「待て！」

次の瞬間、エレベーターから片山とホームズが飛び出して来たのだ。

「え？」

男が立ちすくむ。

「ナイフを捨てろ！」

片山は拳銃を両手で構えて言った。「分ってたんだ！」

「畜生！」

男はナイフを片山に向って投げつけると、階段を駆け下りようとした。その足下にホームズが駆けて行った。

「ワッ！」

ホームズを反射的によけようとして、男はバランスを失った。そしてコンクリートの階段を転り落ちて行った。

「エレベーターを見に行ったとき、階段をこっそり上って行く足音を聞いたんだ」

と、片山は言って、「正しくはホームズが聞いたんだけどな」

「だと思ったわ」

と、晴美が言った。「でも、それに気付いたお兄さんも偉い」

「変に気をつかうな」

「ニャー」

笑い声が起った。

パトカーと救急車が来て、階段を転り落ちた男を運んで行った。男は脚と肩を骨折していて気を失っていたが、命には別状ないということだった。

「あの男の意識が戻ったら、何か分るだろう」

と、片山は言った。

片山たちは、厚木の部屋に上って、コーヒーを飲んでいた。

　みすずは、一緒にいたがったが、何といっても、まだ高校一年生だ。晴美が付き添って自宅へと送って行ったのである。

「矢崎さんを殺したのはあの男なのかしら？」

　コーヒーを飲みながら、晴美が言った。

「五十万円を受け取ったって手紙を入れたのが、あの男ならそういうことになるかな」

　と、片山が言った。「しかし――」

「それっておかしいでしょ。殺した人の部屋にあんな手紙を入れる？」

「そうだなあ。――ともかく、あの男から訊き出すよ。その結果で、どう考えればいいのか……」

「ニャー」

　と、ホームズが注意を促すように鳴いた。

「あの男、大丈夫かしら？　逃げ出さない？」

「心配いらない。病院で石津が待ってる。ずっとそばで見張らせるよ」

「それならいいけど……」

「ともかく、もうボディガードをしてもらわなくても大丈夫だよ」

　と、厚木が言うと、小夜はちょっとむくれて、

「あら、そんなに目ざわりだった？」

「そうじゃないよ！　君の方が、仕事もあるのに大変だろうと思ったんだ」

「私は好きでやってたんだから」

　と、小夜は言った。「よし！　明日からは帰りも出迎えてあげるわ」

「おい……」

「ニャー」

　と、ホームズが笑った。

片山のケータイが鳴った。

「石津からだ。——もしもし、そっちに着いたか？」

「片山さん、都立S病院ですよね」

と、石津が言った。

「そうだ。まだ着かないのか？」

と、片山は言った。「おかしいな。間違いのわけはないんだが」

「ずっと待ってるんですが——」

と言いかけて、石津は、「ちょっと待って下さい！」

「どうした？　——もしもし？」

片山と晴美は顔を見合せた。

少し間があって、電話の向うが騒がしくなった。

石津の声はこわばっていた。「今連絡が。例の
「——片山さん」

男を運んでた救急車がトラックと衝突して——」

「何だって？」

「今、別の救急車が向ってるそうです」

片山はしばらく言葉を失っていた……。

「参ったな！」

と、病院の廊下で片山は思わず言った。

「ニャー」

「グチっても仕方ないでしょ、って言ってるわ、ホームズが」

と、晴美が言った。「でも、救急車に乗っていた人たちが死ななくて良かったわ」

「うん、まあな……」

片山だって、その点は良かったと思っている。

しかし——厚木たちを刺そうとして、階段から転り落ちた男は、病院へ運ばれる途中、トラックが救急車に衝突。男だけがそのショックのせいか、

心臓発作で死んでしまったのである。

救急隊員は、負傷したものの、そうひどいけがではなかった。

「刑事さん」

ストレッチャーで運ばれて来た、運転していた救急隊員が、片山に、「申し訳ありませんでした」と謝った。

「いや、仕方ありませんよ。けが、早く治るといいですね」

と、片山もそう言うしかなかった……。

「――お兄さん」

と、晴美が言った。「死んだ男の持ち物が……」

「ああ、そうだった」

ポケットの物などが、ワゴンにのせて運ばれて来た。

「どうも。――ケータイ、壊れてないか?」

「見てみるわ」

晴美が男のケータイを手に取って、「表面が割れてるけど、中は大丈夫よ」

「住所録とか、データがあるだろ」

「そうね。――あら」

と、晴美が言ったのは、ケータイが鳴ったからだ。「着信だわ。〈イクミ〉だって。――もしもし?」

晴美が出ると、向うはびっくりしたのか、少し黙っていたが、

「――あなた、誰?」

と言った。

「ええと……」

「タケシは?　タケシ、出してよ」

「タケシさんって……このケータイを持ってる人?」

「そうよ。――どういうこと？　ケータイを拾ったの？」

「あのね。――ちょっと難しい話なんだけど……」

と、晴美が言いかけると、

「ちょっと！　あんたね？　タケシにちょっかい出してる女って」

と、突然怒り出して、「タケシは私がずっと付合って来たの！　手を出さないでちょうだい！」

「困ったわ。――お兄さん、出て」

「ホームズに替るか？」

と言って、片山はケータイを受け取ると、

「もしもし。――落ちついて聞いて下さい。僕は警視庁捜査一課の片山という者です」

「は？」

「実はですね――」

「ふざけないでよ！　タケシを出して！」

――相手を納得させるのに、しばらくかかりそうだ、と片山はため息をついた。

そして――二十分後、やっとケータイの持主が〈尾形武士《おがたたけし》〉、かけて来たのは〈田口郁美《たぐちいくみ》〉という名だと聞き出した。

その〈タケシ〉が人を刺そうとした、というところは省いて、救急車で運ばれる途中、事故にあったと説明した。

そして、病院の名を告げると、向うは、

「すぐ行きます！」

「あのね――」

切れてしまった。

聞いていた晴美が、

「死んだってこと、言わなかったわね」

「言おうとしたのに……」

「それに、どうして刑事がかけて来たのかも……」

「それも説明しようとしたんだ」

と、片山は言って、ため息をついた。「ここへ来てからも、ちゃんと話が聞けるまで大分かかりそうだな……」

10 値札

片山の予想は半ば当り、半ば外れた。

田口郁美の家は、病院に割合近かったようで、十五分ほどでやって来た。そして、そのタクシーの中で、彼女なりに色々考えたらしい。

特に、「どうして刑事が知らせて来たのか」と考えて、

「武士、何かやったのね?」

と、片山にいきなり訊いて来たのだ。

その前に、片山としては尾形武士が事故死したことを告げたかったのだが――。

「人を――刺そうとしてね」

「武士が?　あの度胸のない人が」

田口郁美は二十歳の女子大生だった。尾形武士は二十四歳で、フリーターだった、と郁美は言った。

「それでね――」

と、片山が言いかけると、

「分ったわ」

と、郁美は片山を正面から見つめて、「弁護士を頼むわ。弁護士抜きじゃ、ひと言も話さない！」

「いや、それよりね――」

「武士に会わせて！」

「ともかく聞いてくれ。さっき言った通り――」

「話は武士と会ってからよ」

「ニャー……」

突然、ホームズが割って入ったので、郁美は面食らったように、

「何よ、この猫？」

「落ちついて、話を聞け、と言ってるんだよ」

「猫が？――いいわ。何が言いたいの？」

「言った通り、救急車で運ばれる途中、事故にあった。救急車がトラックと衝突したんだ」

「そんなこと、あるの？」

「事実だよ。それで――武士君はそのときショックで心臓発作を起して亡くなったんだよ」

やっと言えた！

郁美はしばらく黙っていたが――。

「今……亡くなった、って言ったの？」

「うん、気の毒だがね」

「そんなこと……。武士が……亡くなった……」

郁美は首を振って、「何かの冗談？」

「本当のことだよ。遺体に会いたいだろうけど、まだ――」

片山はまた言い切れなかった。田口郁美が気絶してその場に引っくり返ってしまったからだ。

片山の予想は、尾形武士が犯罪をおかしていたことを郁美がすぐ納得したという点では外れてい

たが、ちゃんと話をするのに時間がかかりそうだという点では大当りだったのである……。

「渕野邦彦か……」

タクシーの中で、百瀬は言った。

「ね、ヒットメーカーですよ」

と、ルミ子は言った。「向うから声をかけてくれたんですから」

「分ってるよ。俺だって、渕野の曲はよく知ってる」

「楽しみじゃないですか！　今、〈六本木で待つ女〉が売れてるところだし。ここで渕野先生の曲が――」

「しかしなあ……」

と、百瀬が首をかしげた。

「どうしたんですか？」

「いや……。どうも俺、あの人の曲はピンと来ないんだ。もちろんいい曲はある。だけど俺向きじゃないような気がする」

「そんな！　渕野先生にそんなこと言わないで下さいよ」

「当り前だ。俺を馬鹿だと思ってるのか？」

「いいえ。――まあ、ちょっとは」

「こいつ！」

百瀬は笑って、ルミ子を肘《ひじ》でつついた。

「あ、それ、セクハラですよ！」

――間もなく、タクシーは渕野邦彦の邸宅に着いた。

そこは正に邸宅だった。門が開いていて、二人は玄関へと砂利道を辿《たど》って行った。

「作曲家ってのは儲《もう》かるんだな。俺も作曲家になろうか」

「勝手になれやしませんよ」

ルミ子は玄関のチャイムを鳴らした。

「――よく来たね」

と、渕野邦彦は広々としたリビングルームのソファにゆったりと寛《くつろ》いで、「僕は初めての歌手に曲を書くのが好きでね。声が違うと、作曲したときのイメージが全く変ってくるんだ。それが面白いんだよ」

「ぜひ、先生に百瀬の新しい面を引出していただければと」

と、ルミ子はほとんど前のめりになって言った。

「百瀬君はどうかね？」

と、渕野は言った。「僕の作る曲を、どう思う？」

ルミ子はヒヤリとした。何しろ、好き勝手にものを言うことに慣れている百瀬だ。

「はあ。――私の歌って来たものと比べると、多少ポップス調の色が強いようで」

「確かにね。しかし、演歌も変って来ている。新しいジャンルに挑戦してみるのもいいんじゃないか？」

ルミ子はドキドキしていた。百瀬は自分の歌を〈演歌〉だと思っていない。

しかし、百瀬が口を開く前に、渕野は、

「ちょっと失礼」

と立ち上ったのだ。

「――やれやれ」

渕野がリビングを出て行って、百瀬はお手伝いさんの出してくれた紅茶を飲んだ。

「おいしい紅茶ですね」

と、ルミ子は言った。「きっと高級な葉なんですね」

そこへ、

「スタジオへ来てくれるか」

と、渕野の声がして、二人はびっくりした。どこかにスピーカーがあるのだ。

「リビングの奥のドアを入るとスタジオだ」

「はい！　すぐに！」

ルミ子はあわてて立ち上った。「百瀬さん！　早く！」

「分ったよ」

奥のドアを開けると、目の前に――エレベーターがあった。

地下のスタジオとだけ行き来するエレベーターだった。

スタジオに入ると、

「わあ……」

と、ルミ子は思わず声を上げた。

ちょっとしたオーケストラが入るほどの広さ。渕野はグランドピアノの前に座っていた。

「これを聞いてくれ」

と言って、渕野はピアノを弾き始めた。

短調の、どこかせつないメロディが流れて来る。

「――いい曲」

と、ルミ子は呟いた。

「うん……」

百瀬も腕組みしてじっと聞いている。

「――どうかね？」

と、手を止めて渕野が訊く。

「すばらしいです！」

と、ルミ子は言った。「この曲をいただけるんですか？」

「誰に歌ってもらうか、考えてるところでね」

「ぜひ！　ぜひ百瀬に歌わせて下さい」

と、ルミ子は言って、「――ね?」

と、百瀬を見る。

「歌ってみませんと」

と、百瀬は言った。「歌詞がどうなるかもありますし」

「もちろんだ」

と、渕野は肯いた。

ルミ子はハラハラしていたが、渕野は特に気を悪くするでもなく、

「今、二、三の作詞家に当っている。モダンなポップス風な詞と、フォーク調の詞を。そして、もう一つ、オーソドックスな、きれいな日本語でも詞を書かせたい」

「本当に楽しみですね」

と、ルミ子は言った。「じゃ、その全部の歌詞を歌わせてみていただけませんか」

百瀬がチラッとルミ子の方を見たが、何も言わなかった。

「うん。声をかけるよ」

「よろしくお願いします」

ルミ子は頭を深々と下げた。


「武士が五十万円で人を殺した?」

片山の話を聞いて、田口郁美は顔をしかめると、

「そんなことするわけないわ」

「しかし現実に――」

「大体、武士がお金に困ってたなんて、聞いたことない」

気絶していた郁美だが、息をふき返すと、やっと片山の話に耳を傾けた。

「――そんなことがあったの」

と、郁美は言った。「でも、武士がそれくらい

のお金で、悪いことするなんて思えない」

「家が金持なのか？」

「ええ」

　と、郁美はアッサリ肯いて、「フリーターやってたけど、別に働かなくてもいい人だったのよ。家は〈S電機〉の副社長。大体、大学もお金で入ってお金で出たって、本人がそう言ってたし、それでいて車はポルシェだったわ」

　なるほど。してみると、お金目当てではないのだろう。

　郁美は片山たちと、病院に近いカフェに入っていた。

　彼氏を失って気絶したのに、ケーキを頼んでペロリと食べてしまった。

「でも、お金のためじゃなくても、何か理由があって、厚木さんってご夫婦を狙ったのよ」

　と、晴美が言った。

「そうか……」

　郁美はしばらく考えていたが、「それならきっと〈ゲーム〉ね」

　と言った。

「〈ゲーム〉？」

「ともかく、ずっと色んなゲームに夢中だったから、武士。もし、『誰が早くその人を殺せるか』って、ゲームがあったら、やったかもしれないわ」

「それなら筋が通るな」

　と、片山は肯いて、「その〈ゲーム〉を呼びかけたのが誰なのか、知ってるかい？」

「私、全然ゲームに関心ないの」

　と、郁美は首を振って、「でも誰かがお金を払ったってことよね？」

「そう。しかも、尾形君は、殺された当人の所に、五十万円受け取りました、って手紙を置いて行ってる」

「わけ分んない」

と、郁美は肩をすくめて、「ゲームに熱中してる人って、本当に人を殺しても、ゲームの中だと思っちゃうんじゃないかなあ」

片山はふしぎになって、

「そういう彼氏とどうして付合ってたんだい？」

「うーん……。何となく」

「デートするとき、何をしてるの？」

と、晴美が訊く。

「そうね……。ともかく、武士は親のカードで、高いお店に入れたから、おいしいもの食べて。でも、食事しながらでも、武士、すぐにケータイでゲーム相手と連絡取ってた」

「そうか。――彼のケータイのデータを調べたら、例の〈ゲーム〉を仕掛けた人間が分るかもしれないな」

「ともかく、私は共犯じゃないからね」

と、郁美は念を押した。

尾形武士が死んだと聞いて気絶した割には悲しそうではない。

「――今、彼の親ごさんに連絡してるところだけど」

と、片山は言った。「君も会って行くかい？」

郁美はちょっと考えて、

「会わなくていい。もう武士との付合いもなくなったわけだし、向うも迷惑でしょ」

妙なところで気をつかうものだ、と片山は思った。

「でも――人の命が五十万円？　安いわね」

と、郁美が、また妙にまともなことを言った。

すると——郁美のケータイが鳴った。その着信のメロディを聞いて晴美が、

「その曲って、どこかで……」

「変な曲でしょ?」

と言って、郁美は電話に出ると、「あ、もしもし。——うん、冬休みのスキーだけどね……」

と話しながら、ちょっと席を立って行った。

「彼氏が死んで、すぐスキーの話か」

と、片山はコーヒーを飲んで、「分らないな……」

「ね、何の曲だっけ?」

と、晴美が言った。「確か、どこかで聞いたような……」

「何だ? 今の着信のメロディか? ——よく聞いてなかったな」

晴美は口の中でそのメロディを歌ってみたが——。ホームズが、

「ニャー」

と鳴いた。

「ホームズ、歌ってみてよ」

「ニャオ」

冗談じゃないよ、というところか。

「ええと……」

晴美は何度もそのメロディを口ずさんでいたが、

「——あ!」

「分ったのか」

「でも、まさか……」

「どうしたんだ?」

郁美が戻って来て、

「私、ミルクティー、もう一杯、頼んでいい?」

「ああ、もちろん」

晴美は、

「ね、郁美さん、その着メロだけど――」

「ああ、これね！　武士が勝手に入れちゃったの。変えたかったけど、武士が気を悪くするかなと思って。でも、もういいわね」

「もしかして、百瀬太朗の……」

「うん、何だかそんな名前の人だった。〈女の〉何とか。〈女の泥船〉だっけ？」

「カチカチ山じゃないんだから。〈女の涙船〉？」

「あ、そうだった」

「武士君が、その歌を？」

「おかしいでしょ？　でも、彼、子供のころボーイソプラノで、合唱団に入ってたんだって。それで、歌の上手い人が好きだったのよ。その何とか太朗って人のこと、『歌が上手いんだ』ってよく言ってた。それで私のケータイの着メロに入れちゃったのよ」

片山と晴美は顔を見合せた。

これは偶然だろうか？

矢崎敏男が殺された事件と、辻村涼が毒殺された事件。

およそつながりのなさそうな二つの事件が、思いがけずつながった。

「尾形君のスマホを、ていねいに調べる必要があるな」

と、片山は言った。

「それとパソコンもね」

と、晴美が肯く。

しかし、ことはそう簡単には運ばなかったのである。

11

密会

「それじゃ」

「お疲れさま」

　声を交わして、左右に別れて行く。

　今夜は少し早く仕事が終った。——〈プリA〉こと〈プリンセスA〉の三坂恵は、マンションの中へと入って行った。

　しかし、一旦ロビーに入ると、手早くブレザーを脱いで、バッグから取り出したジャケットを着る。

　帽子をかぶって、外へ出ると、タイミングよく、ワゴン車がスッと前へ寄せた。

「大丈夫か?」

と、中から百瀬が訊いた。

「うん、心配ない」

「じゃ、早く乗れ、後ろの席だ」

　恵が乗ると、車はすぐに走り出した。

「――ああ！」

と、恵は息をついた。「くたびれた！」

「若いのに、何言ってるんだ」

と、百瀬は笑って言った。

「若くたって、くたびれるわよ」

と、恵は言った。「ね、お腹空いたわ」

「レストランはまずいだろ。ホテルでルームサービスを取ればいいさ」

「うん、それでいい……」

恵はそう言って欠伸をした。「ね、マネージャーさん、大丈夫？」

「ルミ子か？　あいつは気付いてないよ」

「確か？　女の目は怖いよ」

「今は忙しいからな。TV局やレコード会社を駆け回ってる」

「嬉しいんでしょうね。あの新曲、売れてるんでしょ？」

「まあ、君らの曲のようにはいかないけどね」

「でも、私たちの曲は、発売したときにワッと売れて、それきりよ。長くは売れない。ときどき、何年も売れてる歌とか聞くと、羨しい」

「そうか。しかし、君たちは踊って歌って、大変じゃないか。あんな真似はとてもできないよ」

と、百瀬は言って、「もうじきホテルだ。駐車場に入れるから、そこから部屋に行こう」

「フロントに寄らなくていいの？　ルームキーは？」

「ちゃんと持ってるよ。一度チェックインしに来たんだ」

そういうまめなところが、女にもてる一因なのである。

二人は無事にホテルの部屋へ入った。

都心の一流ホテルだ。ルームサービスも二十四時間。

「私、デザートも頼もう！」

と、恵はメニューを楽しそうにめくっている。

「何でも頼むといいよ」

と、百瀬は言って、恵にキスした。

「じゃ、電話する！」

「僕が頼んどく。少し時間がかかるよ。その間にシャワーを浴びたら？」

「そうね。じゃ、お願い！」

百瀬がルームサービスを注文している間に、恵はバスルームへと入って行った。

「やれやれ……」

久しぶりのスリルだ。若いころはよくやったものだが、さすがに今はこんな機会はめったにない。

恵は十八。ルミ子が知ったら、ただじゃすまないだろうが、百瀬としては十代の若々しい肌の魅力には抗《あらが》い難かった。

もちろん恵だって、こんな「おじさん」相手に本気ではない。遊び半分だろうが、それでもいい。百瀬にとって、このひとときは「人気を確かめるため」なのだ。

売れていなければ、女の子は寄って来ない。今、こうして十八歳のアイドルとホテルに入っているのは、人気の証《あか》しなのである。

――ルームサービスがワゴンで運ばれて来て、少しすると、恵がバスローブをはおって出て来た。

「わあ、おいしそう！」

と、目を輝かせる。

「さあ、食べよう」

「うん！」

恵は勢いよく食べ始めた……。

デザートなど取っていない百瀬は、先に食べ終え、

「じゃ、僕もシャワーを浴びてくる」

「はい！　ごゆっくり！」

恵の明るさに、百瀬はつい笑ってしまった。手早く。――そうだ。一刻も早く、あの若い体を抱いてやりたい。

つい口笛など出て、百瀬は上機嫌でバスルームを出た。

「食べ終った？」

と、百瀬は訊いたが……。

恵は、広いベッドに目一杯手足を広げて、眠り込んでいた。

「おい。――恵ちゃん。――起きろよ」

百瀬は恵を揺さぶってみたが、「うーん」と唸るだけで、一向に目を覚まさない。

「おい……。冗談じゃないぞ！」

仕事でくたびれて、お風呂に入って、お腹一杯になって……。

これで眠くならなかったらふしぎかもしれない。しかし――百瀬としては……。

「参った！」

と、ベッドの上であぐらをかいて言った。

この様子では、一時間や二時間では目を覚まさないだろう。

「畜生！」

と、グチってみたものの、どうすることもできなかった……。

しばらくは、力が抜けて座っていたが、やっとベッドから下りると、料理を運んで来たワゴンの上に、空になった皿や器、ナイフ、フォークなどを重ねた。

「廊下へ出しとくか……」

ワゴンを押して、ドアを開けると、廊下へ押し出す。——目の前に、ルミ子が立っていた。

「お前……」

「あの子は？」

「ベッドで寝てる。何もしない内に眠っちまった」

「本当に、何も？」

ルミ子の視線が突き刺さるようだった。

「何も、だ」

ルミ子はため息をつくと、

「せっかく、復活をとげようってときに……。これがばれたら、どうなると思ってるんですか？」

と言った。

「ああ、分ってる。だけど……ほんの息抜きだ。いいじゃないか」

と、意地を見せて言い返したが、ルミ子の頰を一粒、涙が落ちるのを見て、口をつぐんだ。

そして、ルミ子に向って、頭を下げたのである。

「すまなかった。——もうしないよ。な、許してくれ」

「分りました」

ルミ子は手の甲で涙を拭った。

「しかし、よく分ったな」

「あなたのお気に入りのホテルのボーイさんに、頼んでいたんです。もし見かけたら教えてくれ、って」

「そこまで……」

「ちゃんとお礼しないと、それこそ写真を週刊誌へ持ち込まれますからね」

「分った。その金は俺が出す！　いや、申し訳ない」

「恵ちゃんは眠ってるんですか？　じゃ、そのまま寝かせておきましょう。服を着て下さい」

「ああ、そうする」

ルミ子は、百瀬と一緒に中へ入ると、ぐっすり眠っている恵の上に毛布をかけてやった。

「この子も、明日、仕事があるんでしょ？」

「昼ごろと言ってたかな」

ルミ子は、恵のケータイのアラームを午前十時にセットして、恵のそばに置いた。

「車は駐車場ですか？」

「うん」

「じゃ、行ってて下さい。私は支払いを済ませてから行きます」

二人がエレベーターへと歩いて行くのを、廊下の奥から見ていたのは野本紀保だった。

「残念だわ……」

と呟く。

朝まででも待って、恵と百瀬が一緒に出てくるところを撮ってやろうと思っていたのに……。

でも——百瀬みたいな男は、こりない。きっと、また恵に手を出そうとするだろう。

十八歳の女の子をホテルへ連れ込めば、今は歌手生命の終りだ。

「今に見てなさいよ……」

と、紀保は悔しげに呟いた。


収録は何とか無事に終った。

野本紀保は、ハンカチで額の汗を拭いた。いつになく疲れていた。

〈プリンセスA〉のメンバーが、口々に今の番組の内容について笑い合っているのを見ながら、紀保は一人、少し遅れてスタジオを出た。

すると、リーダーの三坂恵が待っていて、

「紀保、大丈夫？」

と、声をかけて来る。「何だか、いつもの元気がなかったから」

「平気よ」

と、紀保は無理に笑顔を作って、「何しろ年齢《とし》だから、私」

十八歳のメンバーたちの中で、一人二十歳の紀保は、わざとそう言った。

「疲れてるんじゃない？　今日の打合せ、出なくても大丈夫だよ」

恵にそう言われて、思い出した。

明日のＴＶ番組についての打合せがある。しかし、今の紀保には、出席しても何か意見を言うだけの元気はなかった。

恵に気をつかわれるのは、正直面白くなかったが、そんなことで無理しても仕方ない。

「うん、それじゃ、今日は帰る」

と、紀保は言った。

「分った。打合せったって、大したことしないよ」

と、恵は言って、「じゃ、気を付けてね」

「ありがとう」

紀保はロッカールームへと向った。

収録で踊っているので、汗をかいている。本当なら、シャワーでも浴びて、着替えたいところだが、それより早くマンションに帰って寛ぎたかった。

ロッカーからバッグを取り出し、コートをはおる。

マネージャーは打合せに出ているので、一人だが、却《かえ》って気は楽だった。

タクシー乗場へ出るため、エレベーターに乗ろうとすると、

「失礼」

と、声をかけて来た男がいる。

「はい？」

「野本紀保さんですね」

スーツにネクタイのビジネスマン風。口のきき方は、ファンというわけでもなさそうだ。

「そうですけど……」

「玄関前に車が待っています」

「どういうことですか？」

「あなたにお会いしたいと、社長が」

「社長？」

「辻村爽子《さわこ》。辻村涼さんのお母様です」

思いもよらない話だった。

涼から、家族の話はほとんど聞いていなかった。

〈お別れの会〉で、献花した後に涼の親族の人たちの方へ一礼したけれど、親戚が大勢出席していたので、どの人が親で、誰が兄弟なのか全く分からなかったのだ。

涼のお母さん。

そういえば、二人きりでいるときに、

「うちの母さんは怖いからな」

と、涼が笑って言ったことがある。

でも、どんな人なのか、何をしているのか、何も知らなかった。

でも――「社長」って言った？

紀保はその男性について行くしかなかった。

ＴＶ局の正面玄関を出ると、少し離れて停っていた車が動き出して、目の前に停った。

紀保は呆気に取られていた。映画の中でしかお目にかからないような、長い車体のリムジンだっ

たのである。

「さあ、どうぞ」

男性がドアを開けてくれる。

「――失礼します」

ゆったりした向い合せのシート。スーツ姿で白髪の女性が座っていた。

車はいつの間にか滑るように動き出していた。

「心配しないで」

と、その女性は言った。「あなたのマンションまでこの車で送るわ」

「はあ……」

「野本紀保さんね？」

「そうです。あの……」

「辻村涼の母。辻村爽子よ」

白髪だが、顔立ちは若々しい。

辻村爽子は、自分の髪にちょっと手をやって、

「以前はこんなに白くなかったんだけどね」

と言った。「涼を失ってから、すっかりこんな風に……」

「はい……」

「あなたのことは知っているわ。涼との関係もね」

「でも、涼さんは……」

「私が何も知らないと思ってたでしょうね」

と、爽子は言った。「でも、今あなたを連れて来た秘書の仁科《にしな》はとても優秀な探偵なの。あなたと涼が、いつどこで会っていたか、すべて私に報告してくれていたわ」

「そうですか」

紀保は胸を張って、「私たちは愛し合ってました」

と言った。

「勘違いしないでね。私はそのことを責めるつもりはないの。涼は三十過ぎだった。もう誰を愛するのも自由な年齢だわ」

「そうおっしゃっていただけると……」

「でもね、あなたも今、アイドルという立場でしょ？　涼との仲が公になれば、仕事に支障が出るでしょう。ここは、あなたも沈黙を守ってくれるのが望ましいと思うけど」

「それは……どういう意味ですか」

「言った通りよ」

「つまり、涼さんとのことを、誰にも言うなということですね」

「そう。亡くなった後にまで、スキャンダルになったら涼が可哀《かわい》そうですからね。――分った？」

　紀保は、爽子の、人間味のない冷ややかな言い方に腹が立った。

　そうだ。この人に嫌われたところで、私には何の損もない。――紀保は背筋を伸すと、

「秘書の方――仁科さんでしたっけ。どんなに優秀か知りませんけど、私の体のことまではご存じないみたいですね」

　と言った。

「体のこと？」

「私、妊娠してるんです」

　爽子の表情が、仮面が割れるように変った。

「何ですって？」

「ほぼ間違いありません。私、涼さんしか知らないし。妊娠していたら、私、産みます。それで、芸能人として終りになっても構いません」

　紀保がこんな風に出てくるとは思っていなかったのだろう。爽子はしばし言葉を失っていた。

　どうせ言ってしまったんだ。――紀保は続けて

言った。

「それに、仁科さんが優秀な探偵だというのなら、どうして涼さんを殺した犯人を見付けようとしないんですか？　女の子の後をつけ回すことはできても、殺人犯を捜すのは怖くてできないんですか？」

爽子は、しばらく黙って紀保を見ていたが――。

やがてフッと笑みを浮かべると、

「仁科、聞こえてる？　この娘さんの言ってること、どう思う？」

と言った。

マイクがあって、車の前方とつながっているのだろう。

「――一本取られました」

と、男の声がした。「しかし、ずっとその子の後をつけていたわけではないので」

「涼を殺した犯人のことは？」

「警察から情報はもらっています。私も秘書としての仕事がございますので」

「分ってるわよ」

と、爽子は言って、「紀保さん」

「はい」

紀保は少し緊張して、爽子と向き合った。――正直、妊娠はまだ確信しているわけではなかった。

仕事柄、生活が不規則になって、生理が遅れたりすることは珍しくない。しかし、今、紀保は何となく体が「いつもと違う」と感じていたのだ。

もちろん、涼と寝るとき、用心してはいたけれど、百パーセント大丈夫というわけではない。

「本当のところ、あなたはもっといい加減なタレントかと思ってたわ」

と、爽子は言った。「でも、こうして話してみて、涼が本気で付合っていたのも分る、という気がする」

「それは……」

「あなたが気に入ったわ」

と、爽子は微笑んだ。「もし、涼の子を身ごもっているのなら、ぜひ産んでちょうだい」

「はい」

「もちろん、出産に係る費用などは、こちらで持ちます。はっきりしたら、教えてちょうだい」

「ありがとうございます」

紀保はホッとした。

「でも、もう一つのこと。——涼を誰が殺したのか、あなたに何か心当りは？」

「分りません。ただ——あのパーティのときに」

「手を抜いて歌った、という話ね。それは涼も人間だし、あの日は公演の終ったすぐ後で、疲れ切ってたから、力を抜いていたということはあったでしょう。他の歌手は、みんなあのパーティでだけ歌ったんだから、比較されてもね……」

「本当です。特にあの演歌の人——百瀬太朗がやたらにほめられてるのに腹が立って」

「知ってるわ。でも、まさか百瀬太朗が涼を殺すわけもないし」

「ええ、それは……」

「人を殺すというのは、よほどのことでしょう。今は無差別に人殺しをする人もいるみたいだけど、涼の場合はそうじゃない」

「誰かが涼さんを恨んでいたんですか？」

「そこがふしぎなの」

と、爽子が首を振って、「あの子は、人に憎まれるような子じゃなかった……」

少し間があって、爽子は、

「どう？　良かったら、これから食事しない？」

と言った。

「え……。ありがたいんですけど……。私、汗かいて、シャワー浴びたいので」

「仕事帰りだったわね」

「はい。踊りの収録があって」

するると、爽子は、

「仁科、一旦、この子のマンションに寄って。それからどこかレストランを予約しておいて」

と言った。「――風邪ひかない？」

問いかけてくれる爽子の口調に、それまでとは別人のような温かさを感じて、紀保はふと胸が熱くなった……。

12 階段

「〈かいだん〉って、お化けの話か?」

と、片山は言った。

「違うわよ。上り下りする方の階段」

と、晴美が言った。

「何だ、びっくりさせるなよ」

「それくらいでびっくりしてどうするの?」

「ニャー」

「ホームズも笑ってるわ」

「笑ってるかどうかなんて分らないだろ」

と、片山は顔をしかめて、「な、ホームズ?」

ホームズはそっぽを向いた。

珍しく普通の時間に帰って、一緒に夕食をとっている。

「階段がどうかしたのか?」

と、片山はお茶をご飯にかけながら言った。

「芸能ニュースでね、言ってたの。『着実にスターへの階段を上っている百瀬太朗』ってね」

「何だ、そういうことか」

「パッと派手に売れるのが目立つ中で、実力のある歌手が、一段ずつ階段を上るように、じっくりと人気を高めて行くのは珍しいってね」

「そうか。しかし、百瀬さんも複雑だろうな。あの辻村涼が、手を抜いて歌った、と言われて、そのファンからは百瀬さんが恨まれてるらしいぞ」

「そんなの筋違いよね」

「ファンってのは、そんなものだろ。――あれ、電話だ」

片山は傍らに置いたケータイを取り上げた。

「噂をすれば、立木ルミ子だ。――もしもし」

「片山君、今どこ?」

と、ルミ子がいきなり訊いた。

「どこって……家だよ。晩飯の最中」

「じゃ、出られるわね」

「出るって?」

「これから百瀬が〈テレビN〉の歌番組に出るの」

「それで?」

「辻村涼のファンからだと思うんだけど、今夜の収録で、何かが起るって。予告の電話があって」

「いたずらだろ」

「でも、万が一ってこともあるし。あと四十分で始まるわ。〈テレビN〉の第3スタジオ。じゃ、待ってるわね」

と言って、ルミ子は切ってしまった。

「おい！　もしもし……」

片山はあわててルミ子へかけたが、もう電源が切られていた。

「――すっかり、ルミ子さん専属ね」

と、晴美が笑って言った。

「笑いごとじゃないぞ。ボディガードじゃないんだ」

と、片山はお茶づけをかっ込んで、「放っときゃいい。こっちは本業で忙しいんだから」

「でも――もし、本当に何か起ったら?」

「まさか」

「ずっと悔やむことになるわよ。いいの?」

「ニャー」

「お前までそんなこと言うのか」

と、片山はホームズを見て言うと、「ともかく、俺は疲れてるんだ。今夜は風呂に入ってゆっくり寝る! うん、絶対だ!」

「警察の者ですが」

と、片山は〈テレビＮ〉の玄関で言った。

「片山君!」

廊下を元気よく走って来るルミ子の姿が見えた。

「やあ」

「ありがとう! 本当に来てくれるなんて思わなかった!」

と、ルミ子は片山の手を握って言った。

「え?」

「まあ、晴美ちゃんとホームズも! 嬉しいわ。これで百瀬も安心して歌えるわ」

ルミ子は早口で言うと、「第３スタジオは二階よ」

と、スタスタ歩いて行く。

「おい……」

片山はため息をついて、「全く! ＴＶの人間はオーバーに言うのが当り前なんだな。憶えとこう」

「ブツブツ言ってても仕方ないでしょ」

と、晴美が兄をつついた。「さ、ついて行きましょ。迷子になるわよ」

「迷子になったら却って気楽だ」

と、片山は言って、それでもルミ子を見失わないように、急いでついて行った。

スタジオには、華やかなステージのセットが作られていた。

「今日は演奏も生なの」

と、ルミ子が言った。「今どき珍しいわ」

二十人近いバンドが、中央の階段を挟んで左右に分れている。

「本当の階段だわ」

と、晴美が言った。

スタジオの中だから、もちろんそれほど高い階段ではないが、一応イルミネーションが飾られた、立派な階段である。

「宝塚《たからづか》とはいかないけどね」

と、ルミ子が言った。「あの階段を下りて来て歌う。昔の歌謡ショーの雰囲気ね」

「歌手は何人くらい出るの？」

と、晴美が訊く。

「五人。あのパーティで歌った人も入ってるわ。でも、メインは百瀬なの」

ルミ子は得意げに言った。

「良かったね、人気が出て」

と、片山は言った。

「ええ。本人は『当然だ』くらいに思ってるけど」

と、ルミ子は苦笑した。「でも、その方がいいの。自信がつくと、それが画面に出るから」

そこへ、当の百瀬がやって来た。

「やあ、刑事さん！　ルミ子がいつも無理を言って」

全くです、と言いかけたが、片山は、

「いや、まあ……」

と、口ごもった。

確かに、百瀬はあのパーティのときと比べても、別人のように目立って見えた。衣裳《いしょう》やピカピカの靴のせいだけではない。

これが「自信」のなせるわざなのかもしれない。

「じゃ、行くよ」

と、百瀬がセットの方へと大股に歩いて行く。

「その辺の椅子にかけてて」

と言うと、ルミ子は忙しげに行ってしまった。

「やれやれ……」

片山は折りたたみの椅子に腰をおろした。

――こんな派手な光景を眺めるのも、気晴らしになっていいかもしれない、と片山は思った。

片山としては、頭の痛いことがあったのである。

救急車で運ばれる途中、事故にあって死んだ尾形武士。そのスマホとパソコンをていねいに調べれば、矢崎敏男が殺された事件とのつながりが見付かるかもしれない、と思っていたのだが……。

病院へやって来た両親は、片山と会うなり、

「息子を死なせた責任を取れ！」

と、食ってかかって来た。

武士が厚木夫婦を狙っていたことを話しても、全く信じようとしないばかりか、

「自分たちの失敗を隠すために、武士を人殺しに仕立て上げようとしてるんだな！」

と、病院の廊下で怒鳴りまくった。

父親の尾形卓治《たくじ》は〈S電機〉の副社長。片山は

知らなかったが、〈S電機〉は様々な防犯機器などの開発で、今の警察庁長官と結びついており、個人的にも親しかった。さらに、その上の――つまり、今の政権とも親しい関係にあったのである。

片山がいくら事情を説明しても、尾形は全く取り合ない。そして、武士のスマホも強引に取り上げて持ち帰ってしまった。

片山は栗原《くりはら》課長に頼んで、武士のパソコンを調べさせてほしいと申し入れてもらったが、数時間もたたない間に、

「片山、この件は諦めろ」

と、栗原に言われてしまった。「相手が悪い」

尾形卓治は、息子に殺人の罪を着せて、しかも事故に見せかけて殺したとして、片山を訴えるとまで言っているという。

もはや、片山の手の届かないところで、真相は闇の中に消えてしまったようだった。

しかし――いくら相手の地位が高くても、殺された矢崎敏男の命の重みに変りはない。

今に必ず……。何とかして、尾形武士のやったことを、調べ出してみせる。

「――始まるわ」

と、晴美が言って、片山は我に返った。

派手なトランペットの音がスタジオに響き、収録がスタートした。

ルミ子が言った通り、メインは百瀬のようで、オープニングで階段を下りて来て登場し、かつてのヒット曲、〈女の涙船〉を歌った。

「声にも力があるわね」

と、晴美が言った。

「うん。人気ってのは大したもんだな」

と、片山は肯き、ホームズも、

「ニャー」

と、同意した。

他の歌手の歌やトークがあり、百瀬は上機嫌だった。

「そして最後に、百瀬太朗さんの最新のヒット、〈六本木で待つ女〉、聞かせていただきましょう！」

と、司会者が声のトーンを上げると、あの階段の一番上に立つ百瀬にライトが当った。

そして、バンドが前奏を演奏している間に、百瀬はゆっくりと階段を下りて来たのだが――。

「ニャー」

と、ホームズが顔を上げて鋭く鳴いた。

百瀬の足が止った。階段の半ばで、百瀬はふらついた。手からマイクが落ちる。

しかし、バンドの演奏で、その音は聞こえなかった。

「百瀬さん！」

と、ルミ子が叫んだ。

百瀬が頭を抱えるようにして、前に倒れようとする。

ルミ子が駆け出した。

「危い！」

片山も飛び出していた。

ルミ子は階段を五、六段上ったところで、倒れて来る百瀬を受け止めたが、支えられずに、抱き合うようにして、そのまま下まで転り落ちた。

片山が駆けつけると、

「ルミ子！」

と、大声で呼んで、「誰か！　救急車を！」

バンドがまだ演奏を続けている中、片山の声はかき消されそうになった。

「静かに！」

と、晴美が思い切り大声で怒鳴った。

バンドの演奏が止る。

「救急車を呼んで！」

スタッフが駆け出す。

片山は、重なり合って倒れているルミ子と百瀬を急いで抱き起した。

「ここは……どこだ？」

目を開けた百瀬が、まぶしげに目を細くして言った。

「救急車の中ですよ」

と答えたのは晴美だった。

「俺は……どうしたんだ？」

と、百瀬は深く息をついた。

「階段のセットを下りて来るときに、急に倒れたんです」

「そうか……。〈六本木で待つ女〉を歌うところだった……」

と言って、百瀬は、「歌わなきゃ！　おい、ＴＶ局へ戻ってくれ！」

「だめですよ」

と、晴美は呆れて、「ちゃんと病院で検査しないと。ＴＶにはまた出られます」

「いや……。だめだ。一度でもキャンセルしたり、倒れたりしたら、もう声がかからなくなる。あいつは？」

「あいつ？」

「ルミ子だ。マネージャーのくせに、どうしてそばについてないんだ？」

「いいですか」

と、晴美は百瀬をにらみつけて、「あなたが階段から転り落ちるのを止めようとして、ルミ子さんは一緒に転り落ちたんです。ルミ子さんがいなかったら、あなたはもっとひどいけがをしてたでしょう」

「憶えてないな……。ルミ子はどこに行ったんだ？」

「今、もう一台の救急車で、同じ病院へ向ってます。あなたをかばって、右の手首を骨折したんです」

百瀬もさすがに絶句した。

「あちらには、兄とホームズがついてます。病院で会えますよ」

「ルミ子が……骨折……」

「あなたの代りにね。いいマネージャーさんですよ」

百瀬も、それ以上無茶は言わなかった。

じきにK大病院に救急車は着いた。

百瀬がストレッチャーに移されていると、もう一台の救急車がやって来た。

「待ってくれ！」

と、百瀬は声を上げた。「ルミ子はどうなんだ？」

救急車から、片山とホームズが、そしてルミ子が降りて来る。

「百瀬さん、大丈夫ですか？」

右手首を包帯で巻いたルミ子が、百瀬の方へやって来た。

「ああ……。何ともない。急にめまいがして、目の前が真暗になった。——後は何も憶えてないんだ」

「でも、良かったわ。どこか痛いところはありません？　ちゃんと診てもらって下さいね」

「あの階段のセットは？　もう取り壊してしまっただろうな」

「さあ、どうでしょう」

「せっかくのセットだ。明日まで残ってるなら歌いたい」

と、百瀬は言った。

「ぜいたく言わないで下さい」

と、ルミ子は苦笑いしたが、「ちゃんと訊いておきますから」

「ああ。――手首はどうだ？」

「何しろ、のっかって来た人が重かったもので」

と、ルミ子は言って、看護師たちの方へ、

「よろしくお願いします」

と、頭を下げた。

「よろしく、じゃないよ。君も治療するんだ」

と、片山が言った。

「分ってるわ」

平静を装ってはいるが、そばで見ると、ルミ子は額に汗を浮かべていた。相当に痛みがひどいのを何とかこらえているのだろう。

百瀬が運ばれて行くのを見送ると、

「片山君……」

と、ルミ子が言った。「後のこと――頼むわね」

そしてルミ子はその場に崩れるように倒れてしまった。

13　意地と恨み

百瀬たちの転落騒ぎのあった翌日、片山はくたびれて、やっと午後から仕事に出て来た。

しかし、このまま捜査一課へ出勤しても席で居眠りしてしまいそうで、警視庁のすぐ近くの喫茶店に入って、コーヒーを飲んで目を覚ますことにした。

コーヒーをブラックで飲んで、その苦さに思わず目を丸くすると、

「私もコーヒー」

と言った女性がいる。「ミルクをたっぷり持って来てちょうだい」

そして、片山の向いの席に座る。

「あの……失礼ですが……」

どこかで会ったな、とは思ったが、すぐには思い出せない。

「もの忘れがひどいの？　見た目より老けてるの

かしら」

地味なスーツを着ていて、およそ印象が変っていたが――。

「ああ。――尾形さんの奥さんですね」

と、片山は言った。

救急車で運ばれる途中、トラックがぶつかって、死んでしまった尾形武士の母親だ。

父親の尾形卓治と二人で、片山を責めて大騒ぎした。

「まだ何か言いたいことが?」

片山はややうんざりしながら言った。

「ええ」

と肯いて、「私、尾形里香《りか》といいます」

「そうですか」

「あなたにお詫《わ》びしたくてやって来たんですの」

「はあ……」

と、片山は言ってから、「――今、何とおっしゃったんですか?」

「耳も遠くなってる?」

「違います! ちゃんと聞こえましたよ。しかし、どうして今になって、『お詫び』だなんて」

「主人と一緒のときは、言えないからです」

と、尾形里香は言った。

「つまり……」

「武士のことでは、ご迷惑かけましたね。許して下さい」

片山もさすがに唖然とした。

言葉だけ聞くと、謝罪しているようだが、その言い方はまるでコーヒーを注文しているのと少しも変らない。表情も、ちっとも申し訳なさそうでなく、運ばれて来たコーヒーにミルクと砂糖をたっぷり入れて飲み始めた。

「――奥さん」

と、片山が言いかけると、

「私、『奥さん』とか呼ばれるの、好きじゃないんです。里香と呼んで下さいな」

何だかよく分らなかったが、ともかく、

「里香さん――でいいですか？」

と言い直すと、「武士さんが厚木さん夫婦を刺そうとしていたことを――」

「本当でしょうね。だって刑事さんがそんな嘘つく理由がありませんもの」

「もっと早く、そう言っていただければ……」

「ですから、主人の前では無理なんです。何しろ、武士のことを可愛がっていましたからね」

「はあ……」

それにしても――夫婦二人で片山を責め、罵《ののし》っていたくせに！　文句を言いたいのを、何とかこらえて、

「じゃ、僕を訴えるのはやめていただけるんですね」

と訊いた。

「ええ、もちろん」

と、里香はアッサリと言った。「訴えたりしたら、それこそ武士のやったことが世間の噂になってしまいますものね。主人だって分ってるんです。でも、あのときはつい……」

「ご主人は政治家とかにも色々つながりがおありのようですものね。ただ、僕としては、事件を解明したいんです」

「お気持はよく分ります。真面目な方ね」

「どうも。――武士さんのスマホとパソコンを見せてもらいたいんです。殺人事件の捜査に必要ですから」

「分ります。これでよろしいんですね？」

里香は、バッグからスマホを取り出してテーブルに置いた。

「武士さんのスマホですね」

「ええ。でも、データは消去されているようです」

片山はがっかりしたが、

「何とかデータを復元できないか、やってみます」

と、そのスマホをハンカチでくるんだ。「パソコンの方も、できれば――」

「そちらは無理です」

「というと……」

「主人がパソコンをバラバラに壊してしまいましたの」

「は……」

仕方ない。――ともかく、このスマホだけでも持ち帰って調べよう。

「しかし、奥さん――里香さん。どうして気が変ったんです？」

「調べていただきたいのです」

「何をですか？」

「武士の恋人だった子です」

「ああ、田口郁美といいましたね、確か」

「あの子が武士を悪い事へ引張り込んだのではないかと思うのです」

「田口郁美がですか？　それはどういう……」

「一見、まともな女子大生に見えますけどね、とんでもない！　武士と付合っている一方で、他の男と……」

「他の男？　どうしてそれが分るんです？」

「分りますとも」

と、里香は言った。「相手は主人だったんですもの」

片山は啞然として、

「尾形卓治さんと？　それは里香さんの想像ですか？　それとも――」

「事実です」

と、里香は断言した。「何なら、主人に訊いてみて下さい」

「分りました」

どうやら、里香はちゃんと証拠をつかんでいるらしい。

しかし、息子の彼女に手を出しておいて、よく片山を責められたものだ。

もちろん、田口郁美に訊いてみるのが先だ。

「もし、武士が本当に人を刺したりしたのなら、それは田口郁美のせいですわ」

「というと……」

「あの女の子が、武士を色んなゲームに引張り込んだのですから」

郁美の話とは正反対だ。――里香は夫を誘惑されて郁美を恨んでいるのだろうか。

「それから、一つ伺いたいのですが」

と、片山は言った。「武士さんは、歌手の百瀬太朗を聞いていましたか？」

「ああ、〈女の何とか〉ってのを歌ってる人ですね」

と、里香は肯いて、「どういうわけか、聞いてましたね」

「どういうところが気に入ってるとか、話してましたか？」

「さあ。――私はあんな歌にはまるで関心ありませんから」

　と、里香は言った。「それも、あの田口って子の影響なんじゃないですか」

　ともかく、何でも田口郁美のせいにしたいようだ。

　片山としては、尾形卓治から訴えられる心配がなくなっただけでも、いくらか気持が楽になったのだったが……。


　相手が動揺するかどうかを確かめる。

　それには「不意打ち」が一番である。

　形のある証拠がないときには、特にその手しかないとも言える。

「あら、刑事さん」

　田口郁美は大学の帰り、友人とでも待ち合せているのか、フルーツパーラーに入っていた。

　片山は偶然のような顔をして、

「やあ、どうも」

　と、向いの席にかけると、「友達を待ってるの？」

「ちょっとね」

　と、郁美は言った。

「まさか――尾形卓治さんじゃないよね、待ってる相手は」

　片山の言葉に、郁美の表情がこわばった。不意打ちは有効だったようだ。

「あの奥さんね、言ったのは」

　と、郁美は平静に戻って、「こんな所で待ち合せないわ」

「武士君は、君が父親と付合ってることに気付いてたのかな？」

「まさか」

　と、郁美は苦笑して、「お父さんの方とはまだここ半年くらいよ」

「何かきっかけが？」

「お金よ」

と、郁美はアッサリと言った。「何しろお金持だし、私、ぜいたくするのが好きなの」

分りやすい話だ。

「奥さんは、君が武士君をゲームに引張り込んだと言ってたよ」

「でたらめだわ！」

と、郁美はムッとした様子で、「亭主を取られたから、頭に来てるのよ」

「そりゃ来るだろ、普通」

「それもそうか」

と、郁美は笑った。

「そして、百瀬太朗の歌のことなんだけどね」

「あれがどうかしたの？」

「武士君が、百瀬の歌のことで、何か話してなかったかい？」

「歌が上手いってことだけよ。私の好みじゃないし」

「そうか……」

「あの歌に何かあるの？」

「いや、まだ分らない」

と、片山は言った。「ただね……」

「何なの？　話してよ」

と、郁美は身をのり出して、「私も、ちゃんと質問には答えるから。あの親父《おやじ》との仲も認めたでしょ」

口の達者な女の子だ。

「まあいいだろう」

と、片山は肯いて、「でも、何か頼まないとね」

「自分で持ってくるのよ。ここ、フルーツがおいしい」

　片山はカウンターへ行って、りんごジュースを買って来た。

「——二つの殺人事件を調べてるんだ」

　と、片山は言った。「一つは、朝の通勤時にバスの中で刺された矢崎敏男さん」

「武士がやったんじゃないかと思ってるんでしょ」

「それは分らない。ただ、何かの係りはあっただろうと思う」

「もう一つは？」

「歌手の辻村涼が殺された事件」

「ああ。——大騒ぎだったわね」

「全く別の事件のようだった。でも、一つだけ、二つの事件をつなぐものがあった。百瀬太朗の歌だ」

「そういうこと。——でも、武士は辻村涼のことなんか知らないわよ」

「名前を聞いたこともない？」

「ないわね。あの人、そんなに歌も上手くなかったし」

　と言って、郁美は、「思い出した。しっかり歌ってなかったからって、殺されたのよね」

「本当にそうかどうかは分らないがね」

「でも変な人ね、犯人って。歌が下手《へた》だからって殺してたら、きりがないじゃない」

「まあ、確かにね」

　と、片山は苦笑した。

「武士も、下手な歌手は嫌いだったな」

　と、郁美はシェークを飲みながら、「特に、女の子を何人も集めて、全然見分けがつかないグループがいくつもあるでしょ。あの中の——そう、

〈プリA〉が嫌いだった」

「〈プリA〉って、〈プリンセスA〉のこと？」

「そう。飛んだりはねたりしてるだけだ、って文句つけてた」

「そういうグループは沢山あるだろ」

「そうね。――やっぱり、お父さんとのことがあるからじゃない？」

「お父さんって――尾形卓治さん？」

「ええ。〈プリA〉は、〈S電機〉のCMに出てるでしょ」

「そうか？　気が付かなかった」

「アイドルの顔が見分けられなくなったら、もうトシだって」

「それはCMは短いカットを沢山つなぐだろ？　ほとんど顔が分らないくらい」

と、片山は言いわけした。「そのCMと尾形卓治さんが何か……」

「〈プリA〉を起用したのは、尾形さんだって」

「本当かい？」

「武士はそう言ってたわ。それに、あのCMで気に入ったのか、あのお父さん、〈プリA〉の後援会長よ」

「あの人が？」

「ファンクラブとは違うの。ファンクラブはグッズとかは買ってくれるけど、何しろ人数がいないとね。でも、後援会だと、お金を出してくれる」

「それを尾形卓治さんが？」

「ええ」

――〈プリA〉の誰かが、百瀬のことを引っかけようとしていた。

「ありがとう。いいことを聞いたよ」

片山はジュースを飲み干して、「卓治さんとのことは、公表しないよ」

「よろしく」

と、郁美はあっけらかんと微笑んで言った。

「おっと、電話だ」

片山はケータイが鳴ったので、「じゃ、何か分ったら知らせるよ」

と、郁美に言っておいて席を立った。

店の外に出ると、

「——もしもし」

「片山君、お願い！」

ルミ子からだ。

「また何かあったのかい？」

つい、ため息と共に訊くと、

「百瀬が、病院を抜け出したの」

「何だって？」

「昨日のＴＶ局へ行ったんじゃないかと思うの。お願い、確かめて」

さすがに、いくらか気がひけたのか、「忙しいのに悪いんだけど」

そう言われては、片山も苦笑するしかない。

「分った。すぐ向うよ」

「ありがとう！　ご恩は忘れないわ！」

段々言うことが大げさになってくる。

片山はケータイを手にしたまま、タクシーを停めて、ＴＶ局に向った。

「——それより、君、大丈夫なのか？」

「骨折だもの。そうすぐにはね」

と、ルミ子は言った。「これから手術なの」

「そうか。大変だな」

「手術でなきゃ、私がＴＶ局に行くんだけど」

「百瀬さんに何か伝言は？」

「今夜のインタビュー、忘れないで、と言って。

メールしてあるけど」

「念を押しとくよ」

「よろしく……」

ルミ子の声が、何だか力を失っている。

「おい、大丈夫？」

「うん……。手術で麻酔されたとこなの……」

「え？」

それで、ルミ子は眠ってしまったようだった。

片山は呆れて、

「ここまで仕事熱心だとは思わなかった……」

と呟いた。

14

ライトの下で

「あら、お兄さん、来たの？」

　あの階段のセットがあるスタジオに、何と晴美とホームズが立っていたのである。

「ニャー」

「ルミ子から電話で。――そっちにも？」

「私にはメールが来たわ。お兄さんがここに来られるかどうか分らなかったからでしょうね」

「昨日のセットのままだな」

と、片山は、まだ照明の当っていない階段のセットを見て、「百瀬さんは？」

　晴美が黙って指をさした。

　百瀬がちょうどセットへ入って来たところだった。

　やや地味だが、明るい色のブレザーを着て、ともかくしっかりした足取りである。

　そして、片山たちを見付けると、急いでやって

来て、いきなり、

「ルミ子はどうです?」

　と訊く。

「今、手術中ですよ」

　と、片山は言った。

　そして、ルミ子からの伝言を伝えると、

「無茶をしないで下さいね」

　と付け加えた。

　しかし、百瀬は、片山の最後の言葉を聞いていていなかった。

「ルミ子……。ちゃんと歌うぞ。見ててくれ」

　そこへ、

「百瀬さん！　準備いいですか?」

　と、声がかかった。

「もちろん！　いつでも大丈夫だ！」

　と、百瀬が力強く応じた。

「――この一曲のために、バンドを呼んだそうよ」

　と、晴美が言った。

　昨夜の収録のときよりは少し編成は小さいが、それでもしっかりと音が出ている。

　簡単にリハーサルをしてから、〈六本木で待つ女〉の前奏に入る。

　ライトが当り、百瀬が階段の上に現われた。

　そして、一段一段、踏みしめるように階段を下りて来た。

　百瀬が歌い出した。

　片山も何度かこの歌を聞いているが、今日はひときわ力がこもっていた。

「――百瀬さん、ルミ子さんのことを愛してるのね」

　と、聞きながら晴美が言った。

「え？」

片山が目を丸くして、「どうしてそんなことが分るんだ？」

「分るわよ。――あの歌声でね」

「そんなもんか……」

と、片山はいささかふてくされて言った。

百瀬は、フルコーラスを歌い切って、深々と頭を下げた。

「はい、ＯＫです」

と、スタッフの声がした。「お疲れさまでした」

百瀬が片山たちの方へやって来た。

「どうでした？」

一曲歌っただけだが、汗が額に光っている。

「すばらしかったですよ！」

と、晴美が肯いて、「ルミ子さんにちゃんと伝えておきます」

「ありがとう。よろしく」

百瀬はハンカチで汗を拭って、「いい気分です」

「しかし、病院で心配してますよ。一度戻らないと」

と、片山が言うと、

「分りました。着替えたらすぐ戻ります」

すると、そこへ、

「良かったよ、百瀬君」

と、声をかけて来たのは――。

「あ、渕野先生！」

百瀬がびっくりして、「いらしてたんですか」

作曲家の渕野邦彦だった。

「今のバンドのメンバーと会う用があってね。たまたまこの話を聞いたんで、どんなものかと思ってね」

「それはどうも」

「いや、力強くて良かった！　今度の新曲はぜひ君に歌ってほしい」

「どうも。――ルミ子が聞いたら、大喜びします」

「今日は来てないのかね？」

　百瀬から事情を聞くと、「――そうだったのか！　じゃ、君から伝えてくれたまえ。そしてお大事に、ともね」

「恐れ入ります」

「では、一週間したら連絡してくれ。待ってるよ」

　そう言って、渕野はスタジオを出て行った。

「――いや、いいニュースだ」

　と、百瀬は安堵《あんど》した様子で、「手術中のルミ子にケータイでかけても出ませんかね？」

「無理ですよ！」

「ニャー」

　ホームズが、呆れたようにひと声鳴いた……。


　パフォーマンス。

「昔はそんな言葉、なかったぞ」

　と、尾形卓治は呟いた。

　もちろん、商売をやる上で、目立つことをやる。イベントの類《たぐい》でも、派手に振る舞うぐらいのことは、以前からやっていた。

　その「余興」が、今や「パフォーマンス」というものに置きかわったのである。

　尾形卓治は副社長室で、ＣＭの中のパフォーマンスのプランを見ながらコーヒーを飲んでいた。

　朝と夕方には、少し息抜きのできる時間がある。

　副社長なのだから、これぐらいのことは……。

　そう。――「これぐらいのこと」とは、いい言い回しだ。

　尾形は、ポケットでケータイが鳴ったので取り出した。

「――もしもし？」

　若い女の子の声がした。

「尾形ですが」

「あ、おじさま」

　笑いを含んだ若々しい声だ。

「何だ、君か」

「何だ、って、がっかりしてるの？」

「いや、そうじゃないよ」

「本当かな？　ま、いいわ。ねえ、今度温泉に行きたい」

「今はちょっと――」

「あ、『いつでも言っておいで』って言ったじゃないの」

「それがね……。息子の武士が死んだんだ。だから今、君と二人で温泉というのはちょっと……」

「え？　本当なの？　知らなかった」

「突然のことでね。僕もちょっと参ってるんだ」

　と、尾形は言った。

「参っている」などと、妻の里香にも言ったことはない。尾形は、いつも「強い父親」でいなければならないと思っていた。

　副社長というポストにまで上りつめたのは、自分のその「強さ」のおかげだと信じている。

　だから、妻にも、社内の人間にも、「参っている」ところは見せなかった。武士の死はむろんショックだったが、それを隠し通した。

　あの片山という刑事に怒りをぶつけたのが、その分のはけ口だったのかもしれない。

　しかし、娘というにも若過ぎるような相手には、本音を洩《も》らした。

「それはそうよね。――ごめんなさい、そんなときに、私なんかが電話して」

そう言われると、尾形は却って胸を打たれる。

「君が謝るようなことじゃないよ」

と、尾形は言いながら、気分が変るのを感じた。

「そうだな。こんなときだからこそ、君と温泉に行くのがいいかもしれない」

「そうよ。私、うんとやさしく慰めてあげる」

「ありがとう。しかし――そんな時間が取れるのか？」

「週末のイベントが中止になって、ポカッと予定が失《な》くなったの。もし、おじさまさえ良かったら……」

「よし。顔の利く旅館がある。人目にもつかない。そこでのんびり湯に浸ろう」

「二人でね」

「ああ」

尾形は、彼女の若々しい肌を思い出していた。

「私、お願いしたいこともあるの」

「何だ？」

「向うで、ゆっくり話すわ」

と、三坂恵は言った。「で、いつ、どこで待ってればいい？」

――尾形は金曜日の夜、東京駅の新幹線ホームで待ち合せることにして、通話を切ると、

「副社長なんだからな。これぐらいのこと……」

と呟いた。

息子を亡くした悲しみはあっても、いつまでも嘆いてはいられない。

「そうだ。副社長なんだからな」

死んだ武士だって、父親が悲しみで仕事も手に

つかない、などということを喜んではくれないだろう。

死んだ息子の考えを勝手に想像して、しかも、仕事に打ち込むのでなく、若い女の子と温泉に行こうというのだから、都合のいい話である。

「あの子はちょっとな……」

と、尾形が呟いたのは、武士の彼女だった田口郁美のことだった。

息子の恋人との浮気というのは、なかなか刺激的で面白かったが、田口郁美の方は、

「武士に知られたら」

と、暗に「告げ口するかも」と匂わせて、その分、高いブランド物のバッグやアクセサリーを買わせていた。

若い女と遊ぶのだから、多少の投資は仕方ないと思っていたが、あまり度々となると……。

武士の死を機会に、田口郁美とは手を切ろうかと考えていた。

田口郁美に比べると、〈プリンセスＡ〉のメンバーたちは、まだ十代ということもあって、可愛いし、後援会長として、コンサートなどにお金を出してやることで、感謝してくれる。まあ、その金は会社から出ているのだが。

リーダーの三坂恵とは、〈プリＡ〉の活動について、色々な希望を聞いたり、ＣＭのアイデアを考えたりするので、個別に会う機会があった。

グループとして会うときはマネージャーが同席しているが、恵の方から、

「ケータイにお電話してもいいですか？」

と訊いて来た。

正直、尾形もためらったのだが、恵はもう十八だし、リーダーとして、スポンサー企業との「親

密な交流」を図るのは悪いことではない、と……。

もっとも、恵と二人だけで会ったのは、まだ二回だけで、何しろスケジュールの詰っている子たちである。温泉に行くというのは初めてのことだった。

「うん……。これぐらいのこと、副社長なんだからな……」

と、尾形はくり返し呟いていた……。


「ああ……」

ルミ子はうっすらと目を開けた。

「目が覚めたか」

その顔はぼんやりとしか見えなかったが、むろん声で分った。

「百瀬さん……」

と、ルミ子は言った。「こんな所で何してるんですか。仕事をすっぽかしたら、大変ですよ」

「おい」

と、百瀬は笑って、「麻酔から覚めたとたんにそんなこと言うとは思わなかったぞ」

「麻酔……。そうでした」

「手術はうまくいったそうだよ」

と言ったのは、ベッドから少し離れて立っていた片山だった。

「片山君……。来てくれたの」

少しもつれる舌で、ルミ子は言った。

「ちゃんと見せてあげたくてね」

片山が晴美の方を見る。——晴美は、ベッドのそばへ行くと、スマホを取り出して、動画を再生した。

「あのセット? 歌えたの?」

と、ルミ子が言った。

「ええ、ちゃんとバンドも付いてね」

「まあ……。局から請求書が来るかしら……」

ルミ子は、百瀬が堂々と階段を下りながら、〈六本木で待つ女〉を歌い上げるのを、小さな画面で確かめると、

「――嬉しい。百瀬さん、立派ですよ」

「ああ、会心の出来だった」

と、百瀬はニヤリと笑って、「しかもな――」

百瀬が、渕野と会った話をすると、ルミ子は急に目がはっきりして、

「本当に？　凄いわ！」

と、左手で百瀬と握手した。「じゃ、渕野先生にご挨拶に行かなきゃ！　明日行きましょう」

「馬鹿言え。今日手術したんだぞ、俺に任せろ。お前は当分入院だ」

「とんでもない！　手首ですよ、折ったの。ちゃんと歩けます」

ルミ子は、今にも退院しそうな勢いだった。

「だめだよ」

と、片山が言った。「もう夜だから、明日、担当の先生が説明してくれるとさ。入院は四、五日だろうってことだったよ」

「とんでもない！　私、明日――が無理でも、明後日《あさって》には退院します！」

「ニャー」

ホームズがいつの間にか、ベッドの上に上っていた。

「あら、ホームズも来てくれたの？」

「ニャーオ」

ホームズが、ルミ子の頬《ほ》っぺたを、そっとなめた。

「まあ……。ありがとう」

「少し休めと言ってるんだよ」

と、片山が言った。「しっかり治さないと、後で困ることになる。——大丈夫だよ」

「片山君……。ありがとう」

ルミ子はちょっと涙ぐんでいた。「でも——仕事の交渉は、パソコンとケータイがあれば左手でやれる。だめですよ、百瀬さん。サボっちゃ」

「口やかましいけが人だな」

と、百瀬が苦笑した。「じゃ、何かあれば、俺のケータイへ連絡を入れろ」

「ええ、しっかりスケジュール管理はしますからね」

と、ルミ子は言った。「渕野先生に、くれぐれもよろしく」

「分ってる。一週間したら連絡しろと言われてるんだ。焦るな」

「それなら、もう普通に仕事に戻ってますわ。張り切っちゃう！」

百瀬は、

「じゃ、また来るよ」

と、ルミ子の左手を軽く握って言った。

「仕事優先で。私のことはどうでもいいですから」

「分ったよ」

と、笑って行きかける百瀬に、

「百瀬さん」

「何だ？」

「若い女の子と遊んじゃだめですよ」

ルミ子の口調は、いつも通りに、しっかりしていた。

15　ゴースト

「片山君！」

　元気のいい声が飛んで来て、片山はびっくりした。

「やあ。どうなんだ、具合は？」

　と、片山はルミ子に訊いた。

　立木ルミ子は、いつも通りのスーツ姿で、足早にホテルのラウンジに入って来た。

「ご覧の通りよ」

　ルミ子は、けがをする前と、少しも変っていないように見えた。

　もちろん、骨折した右手首にはギプスをしているが、スーツの袖口に隠れて、ほとんど目立たない。

　片山と向い合って座ると、

「やっぱり右手が使えないって不便ね」

　と、ルミ子は言った。

「しかし、今はそんな風なんだ。ほとんど気が付かないね」

と、片山は感心して言った。「それにきれいにしてるし」

「あら、ありがとう。片山君がお世辞言うなんて知らなかったわ」

「お世辞じゃないよ」

ルミ子はコーヒーを頼んで、

「ともかく――」

と、ちょっと座り直して、「骨折で入院の際はお世話になりました」

と、頭を下げた。

片山は面食らって、

「何だい、一体？」

「そうびっくりしないでよ。あのとき、ちゃんとお礼を言ってなかったから、百瀬の分も含めて、一度お礼を言わなきゃと思ってたの」

「律儀だね。まあ、それが君らしいのかもしれない。――そういえば、あの渕野さんとかいう作曲家の所には行ったの？」

ルミ子が退院して一週間たつ。もちろん、退院して出社したルミ子の最初の仕事は、渕野宅へ挨拶に行くことだったのである。

「とてもいい詞もできて、百瀬も張り切ってるわ」

「それは良かったね」

と、片山は微笑んで、「それで、今日は何か話があって？」

「そうなの。色々あって、忘れかけてたんだけど……」

ルミ子はバッグから左手でケータイを取り出した。「また、メールが届いたの」

「そのことか。――で、内容は？」

「見て」

と、ケータイを片山の方へと寄こした。

片山は取り上げて、メールを読んだ。

〈このところ、好調じゃないか。気を緩めるなよ。フチノはもうトシだが、まあ悪くないだろう。地方で歌うことも忘れるな〉

片山はホッとして、

「そう物騒なメールでもないじゃないか」

「ええ。でも、渕野先生の曲を歌うことになったことをどうして知ってるのか。――どこにも話してないのよ」

「それと、〈地方で歌うこと〉っていうのは……」

「それで思い出したの。この手のメールが最初に来たのは、地方の小さなホールで歌ったときだったのよ」

そこへ、

「ニャー」

と、ホームズが、声をかけて来た。

「あら、ホームズ。晴美さん、ご心配かけて」

「いいえ。もうすっかり元気ですね」

と、晴美たちはテーブルに加わった。

そして、右手首の具合などの話をしていると、

「そういえば――」

と、晴美が言った。「さっき、ニュースで、辻村涼のことが」

「え？　何のことだった？」

「あのヒット曲〈パープルライトに抱きしめて〉っていうんだっけ？　あれを作曲したのは、辻村涼自身だったって」

「まあ……」

ルミ子は目を見開いて、「確か、辻村涼の曲は、

いつも同じ作曲家が書いていて……。そう、誰とも会わない、正体のよく分らない人だったわ」

「それが実は辻村涼自身のペンネームだったたって」

「それは知らなかったわ。事務所に訊いたら、もっと詳しいことが分るかもしれない」

と、ルミ子は言って、「作曲の才能まで持っていたのに、あんなことで殺されるなんて気の毒に」

片山は、またメールが来たら知らせてくれと言って、ルミ子が早々に引き上げて行くのを見送った。

「――張り切ってるわね、ルミ子さん」

と、晴美が言った。「その後、何か分ったの？」

「いや、どうもな……。尾形武士のケータイを調べたが、ほとんど復元できなかった」

「ニャー」

と、ホームズがテーブルの下で丸くなる。

「落ちついちゃったわね」

と、晴美が言った。

「事件の初めに帰れ、ってことかな」

と、片山は言った。「ともかく、初めに殺されたのは矢崎敏男さんだ。殺されると怯えていた……」

「そうね。――私たち、例の懸賞金の話があって、矢崎さんが何かの〈ゲーム〉の標的にされたと思い込んでたけど……」

「ニャー」

「うん。もしかすると、矢崎さんは普通に何か他の動機があって殺されたのかもしれない」

「誰にも恨まれてなかったと奥さんは思ってたけど、奥さんに見せていない面があったのかもしれないわ」

「うん……。そして、もし〈ゲーム〉で人を殺すとしたら、同じ棟の同じフロアの厚木さんが次に狙われるというのも妙だな。全く別の所に住んでいる人間を狙ってもいいはずだ」

「矢崎さんを殺した動機を隠すために、〈ゲーム〉に見せかけたってこと？」

「あり得るな」

と、片山は肯いて、「よし。もう一度、矢崎さんの身辺を当ってみよう」

そう言って、コーヒーを飲もうとして、カップが空になっているのに気付いた……。


やれやれ……。

どうしていつも荷物運びは俺なんだ？

〈R光学〉の庶務に勤める厚木孝士は、今日も台車を押してエレベーターで地下へと下りて行った。

台車に積んだ段ボールは半分以上、他の課のものだ。そんなもの、引き受ける義理はないので、

「自分で持って行けよ」

と言ってやることもできるのだが――。

そこが厚木の人の好《よ》さで、つい、

「ああ、持って行くよ」

と言ってしまうのだ……。

地下へ下りて、倉庫へと台車を押して行く。

「そうだ、この前は……」

この倉庫で、もしかしたら殺されるところだったのかもしれない。

鍵で開け、中へ入って明りを点ける。

「ええと……。海外向けの資料は、確かあの辺……」

棚の間へ台車を入れ、段ボールを棚へのせる。

そうだ、あのときは突然明りが消えて、誰かが……。

後で聞いて、冷汗をかいたな。

「さて、次の段ボールは……」

と呟いたとき、明りが消えて、倉庫の中は闇に閉ざされた。

「おい！　またかよ」

と、思わず厚木は口走った。

そして、

「おい、誰なんだ、明りを消したの？」

と、闇へと呼びかけた。

しかし、返事はなく、明りも点かなかった。

もし誰かが、うっかりして消したのなら、何か返事をして、明りを点けるだろう。

黙っているということは……。

おい、勘弁してくれ！

誰かがまた俺を殺そうとしてるのか？　本当に？

厚木は身動きができず、息を殺して、棚に身を寄せていた。

しかし、一度こんな状況を経験していたことは、厚木にやや落ちつきを取り戻させた。

まず、真暗だということは、こっちも向うが見えないが、向うからもこっちが見えていないということだ。

どこにいるか、物音をたてなければ……。

床をそっと踏む足音が聞こえた。――キュッ、キュッという音は、厚木のような社内用のサンダルばきとは違っている。靴の音だ。

闇の中に、パッと光が差した。

手持ちのライトを点けたのだ。光は棚の間には届いて来ない。

しかし、すぐに厚木を見付けるだろう。

汗が全身からふき出すように流れた。

棚にのせようとした段ボールが、中途半端に突き出ていて、手に触れている。

そうか。――もしかすると、うまくいくかもしれない。

この段ボールを思い切り奥へと押し込んだら、棚の反対側からのせてある段ボールを押し出すことになる。

やってみるか。――ともかく、じっとしていたら、すぐに見付かる。

厚木は、手に触れていた段ボールを、力一杯押した。向う側の段ボールに当った。

頼むぞ！　さらに思い切り押すと、向うの段ボールが棚から落ちて、派手な音をたてた。

中身は書類やファイルではなかったのだ。

ガチャン、パリン、とガラスの割れる音がした。

ライトが動いた。向うもあわてている。

厚木は、もう一つ隣の段ボールも、力任せに押し込んだ。

棚にじかに置いてあったらしいトロフィーが数個、床に落ちた。

靴音がタタッと駆け出して、ドアから誰かが飛び出して行った。

やったぞ！

厚木は駆けて行って、明りを点けた。

エレベーターの扉の開く音がして、女性社員らしい声がした。二、三人で下りて来たのだ。

助かった！

厚木はドアを開けて、顔を出した。

「あら、厚木さん」

同じ〈R光学〉の他の課の女性たちだった。

「今……誰か出てったかい？」

と、厚木は訊いた。

「いいえ。でも――階段を誰かが上ってってたわね。足音がしてた」

「そうか……」

厚木は、ヘナヘナと座り込んでしまった。

「どうしたの？　汗びっしょりよ」

「うん……。大丈夫だ。ちょっと……殺されかけただけなんだ」

厚木の言葉に、女性たちは顔を見合せた……。


「やめるって……」

そう言ったきり、三坂恵は絶句した。

「ごめんね、突然の話で」

野本紀保は、あまり深刻そうでない口調で言った。「でも、私が抜けても〈プリA〉は大丈夫だよ」

「待ってよ。そういうことじゃなくて……」

恵は何度か深く呼吸して、「――びっくりした！」

TV局のスタジオだった。

まだ番組が始まるまで時間があるので、誰もいなかった。

準備していたメンバーが、軽くサンドイッチをつまんでいたとき、

「ね、恵、ちょっと話したいんだけど」

と、紀保が声をかけたのである。

二人で、空っぽのスタジオに入って、話をすることになったのだが――。

「ね、紀保」

と、恵は言った。「今日、仕事が終ってから言うつもりだったんだけど、来年の春に、私たち、

ニューヨークで録音することになったんだよ！　向うの一流ミュージシャンで。凄いことでしょ？　そんなチャンスを逃すの？」

「そう。良かったね」

と、紀保は他人事《ひとごと》のように、「でも、私は行けないわ」

「でも……どうして？　何か不満が――」

と、恵が言いかけると、

「私、妊娠してるの」

と、紀保が遮った。

恵は唖然として、

「え？　――そんなことって……。確かなの？」

「もちろん。ちゃんと調べてもらった。この時期、激しく動くのは危いの。だから、急な話だけど、今夜の仕事で最後にする」

恵はしばらく何も言えなかった。しかし、紀保の態度は疑いようのないものだった。

「――全然気が付かなかった」

やっとそう言って、「相手は誰？　私の知ってる人？」

「うん。でも、今は言えない。ごめんね」

「その人と……結婚するの？」

「それは……これから考える」

「紀保、奥さんのいる人と？　驚いた！」

恵も、尾形卓治と温泉旅行に行って来たばかりで、人のことは言えないが。

「その内、ちゃんと話すわ。まず恵に言っとかないと、と思ってね」

「社長には……」

「これからよ。恵も黙っててね」

「うん、もちろん……」

「じゃ、戻ろう」

紀保は一人でさっさとスタジオから出て行ってしまった。

「何よ、いきなり！」

恵は八つ当り気味に呟いたが、誰も聞いていなかった。仕方なく、恵もスタジオを出て控室へと戻って行った……。


「色々ありがとう」

帰りがけに、紀保は恵にそう言った。

「うん」

と、恵は肯いた。

他に何も言えない。

紀保は、今夜の仕事をきちんとこなした。どうせやめるから、と手を抜いたりしなかった。

恵も、その点は認めざるを得なかったのだ。

むろん、他のメンバーは、紀保が今日で〈プリA〉をやめることなど知らない。

「じゃ、また明日《あした》！」

と、気軽に声をかけて行く。

「うん、それじゃ……」

一人になって、夜道を辿る恵は、何とも言えない苛立ちを覚えていた。

認めたくはなかったが、紀保の落ちつきに嫉妬《しっと》していたのである。

紀保の相手が、まさかもう生きていないとは思ってもみなかったので、てっきり妻子持ちの男だと受け取っていた。

恵も――どちらかといえば、年上の男が好みだ。たまたまのことで、百瀬と付合いかけたのも、二十近くも年上の「大人の味」にひかれたからだが、結局中途半端に終ってしまった。

そして、尾形卓治との温泉旅行。――尾形との付合いには、ＣＭのスポンサーというメリットがあって、ちゃんとそこは計算していた。

しかし、それだけではなく、息子を亡くして落ち込んでいる尾形を慰めてやりたかったのも正直な気持だった。

ある程度地位もあり、社会的に力を持っている男が、ふと弱みを見せてくれる。そんなとき、恵は結構胸が熱くなるのだった……。

「ああ、寒い！」

夜遅くなって、北風が急に強くなっていた。

地下鉄で帰るつもりだったが、タクシーが拾えたら……。

足を止め、空車が来ないか、待っていると――。

黒塗りの高級車が、恵のそばへ寄せて来て停った。

後部座席の窓が下りて、

「三坂恵さんね？」

と、女性が声をかけて来た。

「はい……」

「乗って」

「え？」

「ちゃんと送るから、心配しないで」

「あの――」

「尾形の家内よ」

「は……。奥様ですか」

どうしよう、と思ったが、乗らないわけにもいかず、ドアを開けて乗った。

「やって」

尾形の妻は、ドライバーに声をかけてから、恵の方へと向いた。

「息子が死んだの」

と、尾形里香は言った。「知ってるでしょ？」

「はい」

「そんなときに、温泉旅行？　息子が化けて出なかった？」

分ってたんだ。――恵は、

「すみません」

と謝った。

他に言いようがない。

「もちろん、悪いのは主人の方。あなたはまだ若いものね」

と、里香は言った。「でも、十八歳といえば、もう子供じゃない。ものの道理の分っていい年齢よ」

「はい」

「もう二度と、こんな真似はしないでちょうだい」

「はい」

恵も、ただ小さくなっているしかなかった。

「それと――主人があなたの頼みで、ニューヨーク録音の費用を出すと言ったそうだけど……」

そこまで白状させられているのか。

「〈S電機〉も苦しいの。そんなことに使うお金はありません」

「はい……」

「主人に文句を言ってもむだよ。あの人の自由になるお金は限られてる」

「分りました……」

「何か言うことはある？」

「いえ、何も……」

「それなら結構。あなたのマンションまで送るわ」

「私、自分で帰ります」

と、恵は言った。「どこかその辺で降ろして下さい」

「いいえ。こっちの用事で乗ってもらったんだから、ちゃんと送ります」

「はあ……」

いくら大型の車でも、沈黙は重苦しく、恵は息がつまりそうになった。

「あの……」

と、少しかすれた声で、「何も……なかったんです」

里香は恵を見て、

「何と言ったの？」

「温泉で……尾形さんと私、一緒に泊りましたけど……。何もなかったんです」

恵は、言い始めた以上、途中で止められなかった。

「そんなことが――」

「いえ、その前には……。都内で二回、会ってました。でも、温泉では……。尾形さん、息子さんの小さかったころの思い出話を始めて、泣いてしまって……。私、そのお話を、黙って聞いてるだけでした。そして、尾形さんは布団に入ると、『疲れたよ』とおっしゃって、そのまま眠ってしまったんです」

恵はそう言って、「――本当です。ニューヨーク録音の話は、翌朝の朝食の席で話が出て。私、前からお願いしてたんですけど、尾形さんの方から、『ニューヨーク、やってみるか』と言って下さったんです」

里香は無表情のまま、恵の話を聞いていた。

信じてくれなくても仕方ない、と恵は思っていた。ただ――言いたかったのだ。

「あのマンションですね」

と、ドライバーが言った。

「そうです。——あ、そこで結構です。裏から入れるので」

車は、マンションの裏手に停った。

「あの……ありがとうございました」

と、恵は言って、自分でドアを開け、車を降りた。

ドアを閉めようとすると、里香が、

「信じてあげるわ」

と言った。

恵は黙って頭を下げて、ドアを閉めた。

そして車が走り去るのを見送っていたが、やがてフッと夢からさめたように、周囲を見回して、それからゴミ置場の脇の出入口からマンションの中へと入って行った……。

16 欠けた星

「あ、片山君！」

と、片山の姿を見付けるなり、立木ルミ子が駆けつけて来た。

また何を頼まれるのか、と片山は一瞬逃げ出しそうになったが、刑事としては、それもみっともない。

「どうしたんだい？」

と、片山は訊いた。

「どうなってるのか、よく分らないのよ」

いきなりそう言われても、片山の方はもっと分らない。

「ニャー」

と、ホームズのひと声で、ルミ子は少し冷静になったようだった。

片山たちは、ＴＶ局のロビーに入って来たところだった。

「何かあったの？」

　と、晴美が言った。

　ロビーに集まっているのは、女の子たち。

「ああ、〈プリA〉とかいうグループの子だね」

　と、片山は言った。「尾形武士の父親の会社のCMに出てるって聞いたな」

「メンバーの子が来てないのよ」

　と、ルミ子が言った。「百瀬と共演することになってるの」

「百瀬さんは？」

「今、リハーサル中。このところ、張り切ってるわ」

「手首の方はどう？」

「ええ、もうボクシングの試合にだって出られるわ」

「無茶言うなよ」

　と、片山は苦笑した。

「そういえば、片山君の方が、何かこっちに用があったのよね」

　と、ルミ子が言った。

「ちょっと訊きたいことがあってね。リハーサルの後で時間を取れる？」

「ええ、大丈夫だと思うわ。でも……」

　と、ルミ子が振り返ると、〈プリA〉のメンバーの子たちがルミ子の方へやって来た。

「どうしましょう？　うちのマネージャー、今日に限って法事だとかでいなくて……」

「私、あなた方のマネージャーじゃないけど……。誰が来ないの？」

「リーダーの恵ちゃんと紀保ちゃんです。あの二人がいなくちゃ……」

「連絡は取れないの？」

「ケータイにも、マンションの部屋にも電話したけど、出なくて」

十人のグループが八人では、ＴＶに出られないだろう。

戸惑って顔を見合せている八人の女の子たちは、私服でいると、ごく普通の高校生にしか見えない。

「何か変ったことがないといいけどね」

と、ルミ子が言った。「恵ちゃんはリーダーでしょ。連絡もして来ないって妙ね」

「マンションの受付に連絡してみたら？」

と、晴美が言った。「もし、事故にでも……」

「そうだな。家の中でも、事故にあうことがある。マンションの受付、分る？　——じゃ、名前でも」

マンション名を聞いて、片山は石津に連絡した。

「——うん、三坂恵って子の部屋だ。〈５０１〉号室だそうだ。返事がなかったら、鍵を開けて入ってもらってくれ。——ああ、頼む」

メンバーの子が、

「ありがとうございます！」

と、ホッとした様子で言った。

そのとき、

「紀保！」

と、一人が声を上げた。

ＴＶ局の玄関を入って来る女の子がいた。

「どうしたの？」

と、目を丸くしている。

「紀保も恵も来ないから！　どうしようかと思ってた！」

ワッと、その子を取り囲む。

「え……。聞いてないの？」

と、紀保が当惑顔で、「私、昨日で〈プリＡ〉

をやめたのよ」

「エーッ！」

　一斉に声が上る。

「恵にだけ話した。でも、当然今日、みんな聞いてると思ってた」

　恵が来ていないと知って、紀保は、

「おかしいね。でも――恵のことだもの、ちゃんと来るわよ」

　と言って、「みんな、もう仕度しないと」

「でも、どうして紀保……」

「ごめん。後でちゃんと話すから」

　わけが分らない様子だったが、八人のメンバーたちは、とりあえずスタジオの方へと向った。

「紀保ちゃん」

　と、ルミ子が声をかけた。「やめるって話、他の子たちは知らなかったのね」

「ええ。恵に話して、それで今日、事務所の社長と話そうと思って来たんです」

　他の子たちに比べると、紀保は落ちついて見えた。

「もしかして……」

　と言ったのは、晴美だった。「あなた、おめでたじゃない？」

「え？」

　紀保がハッとした。「どうして……」

「やっぱり？　何となく、全身の感じが」

「ええ……。でも、恵にしか言ってないんです」

「それでやめるの？　ああいうダンスは無理だものね」

　と、ルミ子が言った。「確か、あなたはもう二十歳なのよね？」

「そうです」

と、紀保は肯いて、「好きな人の子だから、大事にしようと……」

その子の表情には、何か秘めておきたい事情があるように見えた。片山には、何かよほどのことのように思えたが……。

片山のケータイが鳴った。

「石津からだ。——もしもし。——ああ、どうした?」

片山が愕然とした。「何だって? ——分った。こっちもすぐに行く」

晴美たちは顔を見合せた。

「お兄さん——」

「マンションの管理人が、〈501〉へ入った」

と、片山は言った。「三坂恵君は——死んでいたそうだ。殺されていた」

ロビーが沈黙で凍りついた。


「何も手をつけていません」

先に現場に着いていた石津が言った。「しかし、まだ十代でしょう? 可哀そうに」

「全くだ」

片山は、そのマンションの〈501〉の中へ入ると、部屋の中を見回した。

女の子の部屋らしく、明るい花柄の内装だった。広くはないが、2DKの造り。女の子の一人暮しには充分だろう。

「恵……」

と、片山たちについて来た野本紀保が呟いた。

2DKといっても、仕切られているわけではないので、ベッドがすぐに目に入る。

そのベッドに半ば体をあずけて、三坂恵は倒れていた。下着姿で、胸に深い傷が見えた。

「ベッドの下に、ナイフが……」

と、石津が言った。

「うん、血が付いてるな。凶器だろう」

片山は深呼吸した。出血はそう広くなかったが、十八歳の少女の肌を生々しく濡らしていた。

「ニャー」

と、ホームズが鳴いて、ベッドのそばに置かれた椅子の上に飛び上った。

「見て」

と、晴美が言った。「椅子の背に、ワンピースとストッキングがかけてある」

「うん、そうだな」

と、片山は肯いて、「恵君が自分で脱いで椅子の背にかけたんだろう」

犯人が無理に脱がせたのなら、こんな風に椅子の背にきちんとかけたりしない。

「それじゃ、恵を殺したのは……」

と、紀保が言った。「恵の付合っていた男ってことでしょうか」

「そうだな。それに、逃げようとした様子がない。よほど心を許している相手だったんじゃないかな」

と、片山は言った。「君、恵君の彼氏とか、知ってるか？」

「私たち、一応は恋愛禁止なんです」

と、紀保は言った。「でも、もちろん、みんな彼氏の一人や二人はいます。ただ、隠れて付合ってるんで、相手が誰かは知らないんです」

晴美が、ソファの上を見て、

「どこかの温泉に行ってたみたいね」

と、置かれていたチラシを手に取った。

「旅館のチラシか？」

「旅館で配られる、周辺の地図だわ。旅館名が入ってる」

「調べてみよう。一緒に行った男がいるかもしれない」

そのとき、紀保が一緒にやって来ていたルミ子の方を見て、

「恵、百瀬さんと……」

と言った。

「え？」

「私、見たことが……。百瀬さんと恵がホテルのラウンジで……」

「待って」

と、ルミ子は止めて、「ええ、確かに。恵ちゃんが、百瀬のポケットにケータイの番号のメモを入れたのよ」

「それで付合ってたのか？」

と、片山が訊くと、

「正直に言うわね。隠しておくのはいやだから」

ルミ子は、百瀬が恵とホテルに入って、でも、恵が眠ってしまっていたときのことを、詳しく話した。

「――あのときで、こりたと思うわ」

と、ルミ子は言った。「百瀬も分ってる。今が大切なときだって。ここで十代の子とスキャンダルを起したら、何もかも終りだってことを」

「しかし、一応話は聞かないとな」

と、片山は言った。

「ええ、分ってるわ」

「私も、百瀬さんがこんなことするとは思えませんし」

と、紀保が言った。

そしてルミ子は、

「そうだわ、他のメンバーにどう言いますか？」

「ＴＶ局へ戻るかい？」

「私も一緒に戻ります」

と、紀保は言った。「〈プリＡ〉のメンバーには私が話します」

「でも、今夜の出演はとても無理でしょ」

ルミ子に言われて、紀保は少し考えていたが、

「私、出ます」

と言った。

「え？　でも――」

「恵のためです。たぶん、〈プリＡ〉も、これで終りになるかもしれない」

「じゃ、戻りましょう」

と、ルミ子が言った。

二人が部屋を出て行くのを見送って、ホームズが、

「ニャー」

と、ひと声鳴いた。

頑張れ、と言っているかのようだった。

百瀬太朗と、〈プリンセスＡ〉の共演。

それも、一緒に出ているというだけでなく、最後には〈プリＡ〉の曲の中で、テンポのゆっくりした歌を、百瀬が〈プリＡ〉たちの中に入って歌ったのだ。

少し前までの百瀬なら、絶対にそんなことはしなかっただろうし、もし一緒に歌うのなら、〈プリＡ〉に自分の歌を歌わせただろう。

それを、今夜は、

「リーダーの恵が、具合悪くて来られないので……」

と頼まれると、快《こころよ》く、

「じゃ、そっちの歌を歌うよ。俺でやれそうな曲があるかい？」

　と答えたので、ルミ子も〈プリA〉もびっくりした。

　そして、一度だけのリハーサルで、百瀬は歌詞も憶えてしまって、ちゃんと歌い切ったのである。

「ありがとうございました」

　と、紀保が百瀬に礼を言った。「プロって凄いね、って、みんなで話してます」

　百瀬はちょっと笑って、

「君たちだってプロだぜ。歌って金をとってる以上、言いわけのできないプロだよ」

「はい、そのつもりで……」

「しかし――恵ちゃんはどうしたんだ？　責任感のある子だと思うがな」

「はあ……」

　紀保はそう言いかけて、目を伏せた。「実は――」

「え？」

〈プリA〉のメンバーたちが、TVモニターに出たテロップを読んで唖然とした。

「三坂恵さんが殺された……」

「――まさか！」

　ちょっと笑い声が上ったが、紀保の表情を見て、みんな黙ってしまった。

　紀保はメンバーを一人一人眺めて、

「あれは本当のことなの」

　と言った。「恵は亡くなったのよ」

「どうして……」

「犯人は？」

「まだ分らない。ともかく、〈プリA〉を今後どうするか、今夜、社長の所に行って相談して来るわ」

と、紀保が言った。「みんなも来る?」

「行く!」

と、全員が揃って声を上げた。

「じゃ、着替えよう」

――話を聞いていた百瀬が、

「また殺人か?　まさか、俺と関係あるんじゃないだろうな」

と、眉をひそめた。

「ないと思います」

と、片山は言った。「少なくとも、今のところは」

「片山君。それって、もしかしたら関係あるってこと?」

と、ルミ子が訊いた。

「いや、分らないけど、普通、身近な関係者がたまたま何人も殺されるなんてことは考えられないからね」

「そりゃそうだけど……」

ルミ子は心配そうに百瀬を見て、「お願いだから、用心して下さいね」

「俺は人に恨まれてない」

と、百瀬はむくれて、「ちゃんと歌ってるし」

「それは分ってますけど……。でも、恵ちゃんとのこと、忘れてませんよね」

「おい待てよ。あのときは――」

「ええ、何もなかったことは知ってます。でも、あのとき、二人でホテルに入ったことがマスコミに知れたら……」

「片山さんに話したのか?」

「正直に話すのが一番だからよ」

「ルミ子君は正しいですよ」

と、片山は言った。「もし隠していて後で知れたら、それこそ疑われてしまいますからね。それにしても……」

恵のような若い子が殺されるのはやりきれない。

「ニャー」

と、ホームズが鳴いた。

スタジオを片付けているスタッフの中に、どう見ても七十代も後半かと思える男性がいた。

「――あの人は、もう定年過ぎてるんじゃないかな」

と、片山が言うと、

「ああ、そうね。そろそろ八十じゃない？　でも、歌番組に関してはベテランなの」

と、ルミ子が言った。「この局の名物っていうところね。歌番組を何十年も担当して来て、セットや照明、スモークとか全部把握してる。歌う人の邪魔にならないようなセットを作ってくれるの」

「そういうベテランの知識を大切にしなくちゃね」

と、晴美が言った。

「しかし――ホームズ、何か考えてるのか？」

片山は、ホームズが、何か意味ありげにその年寄りを眺めているのを見て、「あの人がどうかしたのか？」

しかし、ホームズは黙って目をそらし、大欠伸をした……。

17　心当り

「一体どうして……」

と、厚木小夜が言った。「あなた、私の知らない内に、誰かと浮気してたんじゃないの？」

「冗談じゃない！」

と、厚木孝士はムッとしたように、「殺されそうになる覚えなんて、これっぽっちもないよ」

「じゃ、どうして二度も狙われるの？」

「こっちが訊きたいよ」

と、厚木は腕組みして、「大体、僕がそんなにもてると思うか？」

「それもそうね」

小夜が納得したように言ったので、聞いていた久保田みすずが思わずふき出した。

「おいおい」

と、片山が苦笑して、「笑い話で済んで良かったよ」

——〈R光学〉の倉庫のある地下のフロア。

「でも、よく色々思い付いて撃退しましたね」

と、晴美が言った。

倉庫の鍵を開けて、厚木は中に入った。

「——でも、ずいぶん壊しちゃったんで、他の課から文句を言われてます」

「ひどいわね！　人の命を何だと思ってるのかしら？」

と、小夜が腹立たしげに、「私、怒鳴り込んでやろうか？」

「よせよ。後でまた何言われるか……」

——片山たちは倉庫の中を見て回ったが、

「特に目立ったものはないな」

と、片山が言った。

「ニャー」

と、ホームズが鳴いて、ヒョイと横飛びに動いた。

「どうしたの？」

と、晴美が言って、「あ、ガラスの破片じゃない？」

「本当だわ」

と、小夜がしゃがみ込んで、「ホームズが踏んだら、けがをするところね」

「そんな所まで、何か飛んだかな？」

と、厚木は言った。「——色々、落っことしたのは、もっと奥の方の棚ですから、そこまでは……」

「待てよ」

と、片山はその場に膝をつくと、ハンカチを手に、その破片を拾い上げた。「これは……」

一センチ角ほどの透明な破片だ。

「もしかして……。プラスチック？」

と、晴美が言った。

「どうかな。――調べてみよう」

「犯人が落として行ったんでしょうか?」

と、小夜が言った。

「そうとは限らないけど、その可能性はある。もし、これが……」

片山は明るい光の下で、その破片をまじまじと見つめると、「――もしかすると、メガネの破片かな?」

「ああ、そうね」

と、晴美が言った。「少し湾曲《わんきょく》してるわ、よく見ると」

「確かにそうだな。犯人があわてて逃げるときに、どこかにぶつかったのかもしれない。――詳しく鑑定してみよう」

「あなた」

と、小夜が息をついて、「もうこの倉庫へ来ないでね」

学校が試験休みで、片山たちについて来た久保田みすずは、

「でも、〈プリA〉の三坂恵ちゃんが殺されたり……。厚木さん、別に彼女のファンじゃないよね」

「TVで見ても、まるで見分けがつかないよ」

と、厚木は言った。

片山たちは倉庫を出ると、一階のロビーで、厚木が帰り仕度をして出てくるのを待った。

「――で、結局、〈プリA〉って、どうなったの?」

と、みすずが言った。「TVじゃ、解散かとか言ってるけど」

「あの野本紀保って子からメールが来ていたよ」

と、片山が言った。「差し当り、九人で活動するそうだ。新しいメンバーを二人選んで、それから紀保ちゃんがやめる」

「妊娠してるって本当?」

と、みすずが言った。

「ええ。だから動きの少ない振り付けで歌うそうよ」

と、晴美が言った。

「偉いなあ。誰の子なのか言わないのね」

「何か事情があるそうよ」

そこへ厚木が、

「お待たせして」

と、足早にやって来た。

厚木の「無事を祝って」(?)、片山たちも一緒に夕食をとることになっていた。

「中華の店に、石津が先に行って、待ってるよ」

と、片山が言った。「石津の一番得意なところだ」

「ニャー」

と、ホームズが笑った。

確かに、石津は張り切っていた。

「石津さんって、どんなことにも情熱をもってぶつかるんですね」

と、みすずが、熱心にメニューを見つめている石津を見て言った。

「え?　まあ……そうかな」

言われた石津の方が照れている。

あれやこれやと迷ったあげく、オーダーをやっと済ませて、

「片山さん、あの子たちはどうなったんですか?」

「〈プリA〉のことか？　言ってなかったっけな」

片山の話を聞いて、石津は肯くと、

「そうですか。でも解散しなくて良かったですね。リーダーが殺されて解散なんてことになったら、他の子たちの心に傷になって残りますよね」

「石津さん、やさしいな」

と、みすずにまた言われて、石津はますます汗をかいて、

「料理、早く来ないですかね……」

と、キョロキョロしている。

「石津さんは、〈プリA〉で、誰が好き？」

と、みすずが訊いた。

「僕は――そうだな、紀保ちゃんと恵ちゃんだった」

と、石津が言った。

「石津、メンバーの一人一人、見分けがつくのか？」

と、片山が言った。

「もちろんですよ。あれ？　片山さんは？」

「俺は……みんなよく似てるじゃないか」

と、片山は言って、ウーロン茶を飲んだ。

「お兄さんはもう年齢《とし》なのかしらね」

と、晴美が冷やかした。

「馬鹿言え。俺だって……二人や三人のグループなら分るんだ」

「二人でグループって言わないでしょ」

食事が始まって、

「でも、どうしてかしらね」

と、晴美が言った。「本当に、中年過ぎると、アイドルの顔が分らなくなるらしいわね」

「俺はまだ若い！」

と、片山が強調した。「ああいう子たちが、み

んな似てるんだ」

「年寄りだけじゃないですよ」

と、みすずが言った。「要は関心があるかどうかで」

「そうだよな」

と、片山が肯いて、「何しろ、こっちは捜査で忙しいんだ！」

「ニャー」

ホームズが、「無理するなよ」というように、ひと声鳴いた。

「うん、悪くない」

と、渕野邦彦は言った。「どうだね、歌っていて」

訊かれた百瀬は、少し汗をかいていた。

「高音を張る手前で、ちょっと息が継げるといいですが……」

と、百瀬は言った。「息継ぎしないで歌うと、高音を出すのに少し無理するようになるので」

「うん、それは確かだな」

と、渕野は肯いて、自宅のスタジオの隅に座っていたルミ子の方へ、「今、百瀬君のように力のある高音の出せる歌い手はほとんどいない。そこで他の歌手に差をつけるんだ」

「はい」

と、ルミ子は言った。「喉を使い過ぎないように気を付けてます」

「口やかましいんですよ」

と、百瀬が言うと、

「そこまで言ってくれるマネージャーはなかなかいないよ」

と、渕野が言った。「いいマネージャーが歌手

を育てるんだ」

「よく聞いといて下さいね」

と、ルミ子が百瀬に言った。

「分ってる。感謝してるさ」

「口だけでね」

と、ルミ子が言い返した。

「うーん……」

と、渕野が腕組みしていたが、「どうだろう。同じメロディで、リズムを別のものにしてみるか」

「はあ」

「今は正統的なメロディラインだが、リズムを、ボレロとかタンゴ風とか、変えてみたら、面白いかもしれない」

「すてきですね、先生！」

と、ルミ子が身をのり出す。

「息継ぎの箇所も、無理なく入れられるかもしれない」

「やってみましょう」

と、百瀬が張り切って言った。

渕野は少し考えていたが、ルミ子の方へ、

「今度の週末は、スケジュールが詰ってるかね？」

と訊いた。

「土曜日の昼過ぎまでは、ＴＶの仕事が入っていますが、その後、日曜日は休みです」

「丸一日？　それは珍しいね」

「休みをきちんと取りませんと」

「それはそうだ。——どうだ、土日と私の別荘に泊って、集中的にやってみないか」

「本当ですか？」

と、ルミ子が立ち上って、「ぜひ！　大丈夫よね」

　百瀬は首をかしげて、

「デートの申し込みが目白押しだけど、断ればすむので」

「やめてよ！　本当にもう……」

　と、ルミ子は百瀬をにらんだが、渕野は笑って、

「いや、スターはもてて当然だよ。それだけの努力をしてるんだからね」

「そうですよね！　先生の方がよく分ってる」

「ただし、相手はよく選べよ。今は誰もがスクープを狙うカメラマンだからね」

「そうなんですよ！　でも、今のところは百瀬も恋どころじゃないと分ってますから」

　と、ルミ子が釘《くぎ》を刺すように言った。

「うん、今の〈六本木で待つ女〉に続いて、今度の歌が当れば、百瀬君のポジションは安泰だよ。ここでひと頑張りしておけば……」

　ルミ子は、渕野の言葉が、心に響いて嬉しかった。

「売れない歌手のマネージャー」なんて、と嘆いていたころには、想像もしていなかった。

　自分がずっと一緒に苦労して来た歌手にヒット曲が出るということが、どんなに嬉しいか。

　私――百瀬さんに恋してるのかしら？

　でも、今は冷静とは言えない。仕事で充実していても、男と女としては全く別かもしれない。

　そう。今は、「歌手」としての百瀬にだけ気持を向けておこう。男としての百瀬は、その後だ……。

「――じゃ、土曜日の夕方に待っているよ」

　と、渕野は言った。

「先生の別荘はどの辺ですか？」

と、ルミ子が訊くと、

「そうか。場所を言ってなかったな」

と、渕野が笑って、「肝心なことをすぐ忘れる。困ったもんだ」

「そんなことは……」

「本当なんだよ。もう七十五だ。自分じゃしっかりしてるつもりでも、思いがけないところでポカッと物忘れをする」

渕野は、ピアノの脇に置いてあったテーブルの上のパソコンを開いて立ち上げると、

「——これが地図だ。君のケータイへ送ろう」

「ありがとうございます。——軽井沢《かるいざわ》ですね?」

「昔ながらの別荘地だが、今は空家が多くてね」

「——受信しました」

と、ルミ子は言った。「たぶん夕方五時ごろまでには伺えると思います」

「車で来る? じゃ、そのまま近くへ夕食に出よう」

「先生、七十五というご年齢の割には、ちゃんとパソコンを使いこなせてますね」

「うん? まあね。人間、必要とあれば憶えるものだよ」

そう言って、渕野はメガネを外すと、右眼《みぎめ》の辺りを指でこすった。

「先生、眼のところ、どうかなさったんですか?」

と、ルミ子が気付いて、「ちょっと傷になってませんか?」

「うん、これはね、暗い所で、顔をぶつけてしまったんだ」

と、渕野が言った。「割れたレンズで、ちょっとけがをしてしまってね」

「危いですね！　大丈夫ですか？」

「ああ、何てことはない」

渕野は微笑んで、「じゃ、一晩泊るつもりで来てくれ。待ってるよ」

18 録音

「わざわざすみません」

と、恐縮して、野本紀保は言った。

「いいのよ、そんなこと」

と、ルミ子は微笑んで、「でも、あなたも無理しないでね。大事な体なんだから」

「はい」

紀保は、揃いの衣裳で待機している〈プリンセスＡ〉の他の八人の仲間へ目をやって、「私たちの新しいスタートです」

と言った。

「そろそろ時間です」

と、事務所の人間が呼びに来る。

「はい！」

紀保は肯いて、他のメンバーに、「さあ、行きましょう」

と、声をかけた。

――ホテルの小宴会場を借りて、『新生〈プリンセスA〉に声援を！　記者会見』が行われるのである。

「会場で見ているわ」

と、ルミ子が言うと、

「ニャー」

と、声がした。

「あ、ホームズさんも」

ホームズに続いて、片山と晴美も控室に入って来た。

「心強いです」

と、紀保は微笑んだ。「でも――私、以前は百瀬さんのこと、恨んでました。ごめんなさい、ルミ子さん」

「そんなこと！　気にしないで。さ、行って」

「はい！　さあ、みんな、湿っぽくならないでね」

紀保を先頭に、会見の会場へと入って行く。

拍手が聞こえて来た。

「じゃ、会場へ行ってましょう」

と、晴美が言って、片山、ホームズ、そしてルミ子も、会見場の席へと移動した。

――用意されていた、かなりの数の席はほぼ埋っていた。

TV局のカメラも入っている。正面に、横一列に〈プリA〉のメンバーが並び、真中《まんなか》の席についた紀保が、マイクを取った。

「本日は、私たち〈プリンセスA〉のためにお集まりいただき、ありがとうございます」

落ちついた声で、紀保は語り始めた。

殺された三坂恵のこと、〈プリA〉は解散せずに、新しいメンバーをこれから選ぶこと……。そ

して、

「私、野本紀保も、新メンバー二名が決った時点で、〈プリA〉を脱退します」

と、淡々と語った。

詳しい事情は発表していなかった。紀保が、

「私は今、妊娠しています」

と言うと、会場がちょっとざわついた。

「発表していいかどうか、この子の父親の親ごさんに伺ってからでないと、お話しできなかったのですが、幸い、許していただけたので、申し上げます。この子の父親は、亡くなった辻村涼さんです」

ルミ子は前もって聞いていて、片山たちも知っていたのだが、居並ぶ記者やリポーターはびっくりしていた。

「辻村涼さんはもうこの世にいません。でも、今、私の中で彼は生きています。この子を産み、育てるのが私の当面の一番の仕事です」

そう言うと、聞いていた記者の中の女性たちから拍手が起って、引張られるように、男性たちも拍手した。

「――ありがとうございます。涼さんも、恵ちゃんも、殺した犯人は捕まっていません。でも、きっと遠からず、犯人逮捕の知らせを聞けると信じています」

紀保の言葉に、晴美が片山をつついた。片山は気付かないふりをした。

「涼さんが、自分の曲を自分で作曲していたというニュースがありました。私もそのことは知らなかったので、驚いたのですが、涼さんは私に『〈プリA〉のために曲を作ってあげるよ』と言ってくれていました」

紀保は、テーブルにデジタルレコーダーを置いて、「これの中に、私たち〈プリA〉のために涼さんが作ってくれた曲が入っています。私はこれを涼さんのお母様からいただきました。そして聞いてみました」

紀保は肯いて、

「すばらしい曲です。そして歌詞も、涼さん自身が作詞したのです。私たち〈プリA〉は、新たなスタートを、この涼さんの曲で始めたいと思います」

紀保が再生ボタンを押すと、ギターと涼の歌で、テンポのいいメロディが流れた。

「このメロディをいただいて、これからさらに私たちでふくらませ、発売したいと思います。私たちの事務所の社長も了解してくれています」

紀保は再生を止めると、「――この新曲に関しては、状況に応じて、公表していきます。よろしくお願いします」

紀保の話が滑らかだったせいか、プライベートな件での質問はあまりなかった。

新メンバーの選び方などについて、いくつか答えて、記者会見は終った。

〈プリA〉のことだけでなく、辻村涼と紀保の仲についても、ビッグニュースになる。

会見が終ると、たちまち会見場は空になってしまった……。

「汗かいた！」

と、控室に戻った紀保はソファにドサッと座って息をついた。

控室にルミ子や片山たちも入って来た。

「紀保ちゃん、しっかりやれてたわよ！」

と、ルミ子が言った。

「本当ですか？　私、もう声が震えて……」

「大丈夫、ちゃんと話せてたよ」

と、片山が言うと、ホームズも同意するように、

「ニャン」

と鳴いた。

「ありがとう、ホームズ」

紀保がホームズの頭を撫でた。

〈プリA〉の他のメンバーが、

「頑張ろうって気持になった！」

「そうよね。私も紀保さんみたいに、好きな人の子供が欲しい」

「まだ早いよ」

と、他の子が笑った。

「ね、紀保さん、辻村涼さんが作ってくれた曲、もう一度聞かせて」

「ええ、いいわよ」

紀保が再生すると、控室に心地よいテンポの曲が流れ始めた。

「——歌詞は、涼さん、一番しか作ってないの。誰かに足してもらうか……」

「私たちで作ろう！」

と、一人が言い出して、他の子たちも口々に、

「うん、やろう！」

と、賛成した。

「じゃ、みんなで作って来て、そこから選ぼうよ」

と、紀保が言った。「私も考えてみる」

その盛り上りの一方で、片山はいささか気が重い。

晴美につつかれるまでもなく、辻村涼の事件、三坂恵の事件、どちらも捜査が進展しているとは

言い難いからだ。

「ちょっと!」

と、控室のドアが開いて、事務所の男性が、

「全員で写真を撮りたいって。会場に一旦戻ってくれないか」

「はい! じゃ、行こう」

紀保が促して、メンバー全員が控室から出て行った。

「若いエネルギーを感じるわね」

と、晴美が言った。「――あら」

紀保が再生していたレコーダーから、全く違う曲が流れて来たのだ。

「止めるのを忘れてたのね」

と、晴美が止めようとして手を伸すと、

「ニャー」

と、ホームズが、ちょっと鋭い声を出した。

「え? ホームズ、何か言った?」

「止めるなと言ってるみたいだな」

と、片山が言った。「その曲が気に入ってるのかな?」

「まさか……」

ギターのソロで、ハミングしている声が小さく入っている。

「――この曲、何かしら?」

と、ルミ子が首をかしげた。

「辻村涼の歌じゃないの?」

「違う――と思うわ。少なくとも、あの人のヒットした歌じゃないわね」

「きっと、自分で考えた曲を、この中に入れてあるのね」

と、晴美が言った。

「俺にゃ分らない」

と、片山は肩をすくめた。

「待って」

と、ルミ子がじっとそのメロディに聞き入っていたが、「――どこかで聞いたことのある曲だけど……」

ルミ子はしばらく考えて、

「だめだわ。思い出せない」

と言った。「でも、確かに……」

「ニャー」

と、ホームズが鳴いた。

「ホームズも聞いたことがあるの？」

しかし、ホームズはそれ以上、答えなかった……。

〈厚木孝士を殺すことには失敗したが、代りに三坂恵をみごとに仕留めたことは立派！〉

〈同感。普通のサラリーマンと比べても、アイドルグループのリーダーは狙う値打が高い〉

〈賞金を百万円に引き上げてもいいのじゃないか？〉

〈いや、一人殺して五十万円という決りは変えない方がいい〉

〈でも、有名人は殺すチャンスが少ないし、苦労すると思う。百万円の価値はある〉

〈じゃ、どうだろう。次に有名人でない女の子をターゲットにする。難しくはないと思うけど、この一人を三坂恵とセットにして百二十万円で〉

〈それはいいね！　賛成！〉

〈じゃ、決りだね。次のターゲットは……〉

〈三坂恵の次だから、やっぱり若い娘がいい〉

〈厚木と同じ団地にいて、仲がいい子だ〉

〈久保田みすずだな。高校一年生だぞ〉

〈やれば三坂恵とセットで百二十万円。受けるか？〉

〈――やろう。任せてくれ〉

〈いや、あくまでフェアな競争だ。公明正大な、ね〉

〈ただし、矢崎のときみたいに、間違って殺した相手の所に懸賞金を受け取った報告なんかしないように〉

〈では、健闘を祈る！〉

〈通信終了〉


誰かに見られてる。

そんな気がしてならなかった。

クラブの用事で、いつもより一時間早く学校へ出なければならず、久保田みすずは、眠い目をこすり、大欠伸をくり返しながらバスに乗った。

一時間早いと、さすがにバスもそう混んでいない。座れるところまではいかなかったが、他の乗客とそう接近しないで立っていられた。

――乗る度に、つい考えてしまう。

このバスで、矢崎さんが殺されたのだということ。そして、今もまだ犯人が捕まっていないということ……。

みすずはバスの中を何気なく見回した。

朝から、早くも疲れている様子のサラリーマンたち。もちろん女性だって、ほとんど化粧もしていない人、髪が寝ぐせではね上っている人……。

確かに、みすずのような高校生は、この時間、まだ少ない。それにしても……。

気のせいだろうか。みすずは自分を見ている視線を、いつもより強く感じていた。

女子高校生が珍しい？　そんなこともないだろ

う。みすずは自分が男の目をパッと引きつけるような美少女でもなく、華やかなタイプでもないことは承知している。

それでも「誰かにずっと見られている」という気がしてならなかったのだ。

「考え過ぎかな……」

と、小さく呟いてみる。

途中で、少しずつ客が乗って来て、その都度人が動く。

みすずは初めから扉と扉の真中辺りで吊《つ》り革につかまっていたので、あまり動かなかった。

あと二つか……。大分早い電車に乗れそうだ。

男が一人、駅前のバス停で降りるのに便利なようにか、バスの中を歩いていた。そして、みすずの背後を、通り抜けようと――。

「あ、ケータイ」

鞄の中で、ケータイが鳴った。みすずは体をちょっと横に向けて、鞄からケータイを取り出した。

クラブの先輩からだ。

「もしもし、久保田です」

「みすずちゃん？　今朝早いの、知ってるよね」

「はい、今、バスで駅に向ってて。もうじき駅です」

「あ、そう。良かった！　私、ちょっと寝坊しちゃったんだ。これから起きて顔洗って、結構かかると思うんで、部長にそう言っといて」

「分りました」

「お願いね。できるだけ早く行くけど」

そう言って、切ってしまった。

先輩の中でも、よく休むし、サボるし、あんまり評判の良くない二年生だ。

正直、早く出て来ても、ほとんど何もしないでブラブラしているので、遅れても誰も気にしないだろう。

「――あ、駅前だ」

ほとんどの客が降りる。今朝は焦って降りる必要もないので、みすずは降車するのに無理には人をかき分けなかった。

バスが停り、扉が開く。みすずはゆっくりと、ほとんど最後に降りた。

そして、改札口へ行きかけると、

「ね、ちょっと」

と、スーツ姿の女性が、みすずの肩をポンと叩いた。

「え?」

「鞄の中の物が落ちてるわよ」

びっくりして振り向くと、手帳やタオルが落ちている。

「すみません! ありがとう」

と急いで言って、拾い上げる。

でも、どうして……。鞄の口を開けてるわけでもないのに。

拾ったとたん、今度は友達に借りていたＣＤが落ちた。

「え? どうして……」

みすずは気が付いた。鞄が切り裂かれていたのだ。横一文字に、十センチ以上も切られていた。

「そんな……」

みすずは愕然とした。

19　刃先

「間違いないね」

と、片山は言った。「鋭利な刃物で切られてる」

「それじゃ、もしかしたら……」

と言いかけて、みすずは後が言えなかった。

「君の体が切られていたかもしれないね」

と、片山は言った。「何か鞄の中の物を盗もうとしたわけじゃないだろう。現に、何も失くなっていないんだろう？」

「ええ」

――みすずは、怖くなって片山へ電話した。そして学校の帰り、警視庁の捜査一課に寄ったのである。

「何か思い当ることはない？」

と、片山は訊いた。「バスに見慣れない客がいたとか」

「今朝は早かったんで、みんな見ない顔の人ばかりでした」

「あ、そうか。そうだったね」

と、片山が肯くと、

「お兄さん、ちゃんとみすずちゃんの話を聞きなさいよ」

「ニャー」

と、晴美とホームズが声を合せた。

「ちゃんと聞いてる！」

と、片山はむきになって言い返した……。

警視庁に近い喫茶店である。

「――お兄さん、これって、もしかすると……」

「うん。――矢崎さんのときと同じことかもしれないな」

「私、命拾いしたんですね」

と、みすずが今さらのように青ざめた。「でも、どうして私が……」

「それはふしぎだね」

と、片山は言った。「厚木さんのときもそうだろう。厚木さんが狙われる理由なんか全くない。それなのに何度も命を狙われた」

「じゃ、厚木さんの次の標的が、みすずちゃんだってこと？」

「いやだ！」

と、みすずが言った。「私、まだ死にたくない！」

「当り前だ。君を死なせたりするもんか」

「ニャー」

「ホームズも励ましてるわ」

と、晴美が言った。「きっと、お兄さんより頼りになるわよ」

「おい！」

片山たちのやりとりを聞いている内に、みすず

は笑ってしまって、

「怖がってばかりいちゃだめね。私、囮《おとり》になって犯人を捕まえてやるわ」

　と言った。

「しかしね……。もし、賞金を出して君を狙うのを競ってるんだとしたら、いつ誰が襲ってくるか分らない。――これは難題だな」

「でも、お兄さん、みすずちゃんは今日初めて狙われたわけでしょ。しかも、いつものバスより一時間早かった。いつものバスに乗ったら、また誰かが狙ってくるかもしれないわ」

「うん、そうだな。バスの中で、うまく逮捕できれば、このゲームに係った人間を洗い出せるだろう。――危険はあるが、そうするしかない。ゲームそのものを摘発して、やめさせない限り、みすず君は完全に安全とは言えないんだ」

「私が殺されたら、また誰か次の犠牲者が出るんですものね。何とか私のところでストップさせないと」

　みすずの言葉は力強かった。

　その二日後――。

　冷たい雨だった。バス停に並んでいても、吐く息が白くなる寒さ。

　みすずは、いつものバスを待っていた。

　いつもより、二、三分遅れていた。雨のときは、どうしても乗り降りに手間取るので、バスは遅れ気味になる。遅れると、それだけ客がたまって、混み合うので、さらに遅れる……。

　バスがやって来るのを見て、みすずはホッとした。

　雨のときは、濡れた傘が問題だ。夏の暑いときも車内が蒸し暑くなっていやだが、冬となると、スカートに濡れた傘が触るので、冷たい。といって、混雑したバスの中では避けようがない。

　バス停は屋根があって、列がはみ出さない限り、乗る前に傘をたたんでおける。

　みすずは、ビニールの傘袋を鞄から出して、濡れた傘を入れておく。こうすれば、他の人に濡れた傘を当てることがない。

　誰もがそういう気をつかってくれればいいのだが、なかなか……。

　特に男性サラリーマンは他人のスカートを濡らしても平気な人が多い。いやな目で見られても、

「お互いさまだろ」

　という顔をしている。

　できるだけ、そういう客のそばには行きたくないが……。混んでくると、そんなことは言っていられない。

　バスが来た。やはり、いつもより混んでいるが、乗るのに苦労するほどでもない。

　しかし、後ろから押されて、みすずは中の方へと動かざるを得なかった。

　何とか自分の位置を確保して、ホッとする。目の前に座っているのは、中年の女性で、この混雑の中でもウトウトしているようだ。

　駅まで長いな、とみすずは思った。

　次のバス停で、バスはほぼ一杯になった。この先では、相当に詰めないと、乗って来られないだろう……。

「ええと、今日は……物理と体育……」

　と呟きながら、窓の外の雨の風景を眺めている。

　男が一人、みすずの背中に背中をつけるように移動して来た。わずかな隙間はあるが、少しバス

が揺れれば、みすずに当るだろう。

　バスが角を曲る。カーブするとき、乗客の塊が同じ方向へと傾く。

　そのとき、その男は半ば体をねじって、みすずの方へ向いた。

　次のバス停が近付いて来る。バスがスピードを落として、誰もが次のバス停で乗り込んで来る人たちの圧力に備えた。

　どれくらい待ってるんだ？

　乗客の注意が、窓の外に見えるバス停へと向いた。

　そのとき、男の右手がコートのポケットから出た。ダラリと下げた手の中で、ナイフが白い刃を出した。

　男は、一瞬左右を見てから、その刃をみすずの背中へ――。

　その瞬間、みすずの鞄の口がバッと開いて、ホームズが顔を出すと、

「フギャッ！」

　と、ひと声鳴くと同時に、前肢《まえあし》の鋭い爪で男の手に切りつけた。

「ワーッ！」

　と、男が叫んで、ナイフが床に落ちる。

　男の手から血がふき出した。

　その瞬間、左右に立っていた乗客が、男の腕をつかんだ。

「バスを停めろ！」

　という声。

　バス停の手前だったが、急ブレーキをかけて停まる。

「降ろすぞ！」

　と怒鳴ったのは石津だった。「ナイフは拾っ

た！」

「やめろ！　痛い！　痛いよ！」

右手から血を流しながら、男は泣き声を上げた。

「降りるんだ！」

という声。

みすずの前に座っていた女性が立ち上ると、

「あなたも降りて」

と言った。「私は刑事」

「はい！」

みすずは、三人の男たちに取り押えられた男が、乗客をかき分け、バスから降りるのを見て、後に続いた。

雨の中、男は手錠をかけられ、

「痛い……。やめてくれ……」

と、弱々しく訴えていた。

「石津さん！」

「うん、やったな！」

「ホームズ！　ありがとう」

鞄の中から顔を出して、ホームズが、

「ニャー」

と鳴いた。

一方、バスの中では、何が起ったのか分らない乗客たちが騒然としていた。

「お静かに！」

という声がした。「警察の者です！　今、殺人未遂の現行犯を逮捕しました。バスはこのまま、通常通り運行します！」

バスが動き出し、次のバス停に停った。

バスの奥の方に立っていた男が、ポケットからケータイを取り出して、焦った様子でキーを打ち始めた。

めまぐるしいスピードで打つと、送信しようとして――。

　そのケータイをパッと奪い取ったのは、片山だった。

「やりそこなったんで、あわてたね」

　と、片山は言った。「一緒に来るんだ」

「あの……僕……何も……」

「降りてから話そう。――警察の者です！　降りますので、待って下さい」

　片山は、その男の腕をつかんで、バスから降りた。

「片山さん！」

　と、みすずが駆けてくる。

「大丈夫だったか？　けがしてない？」

「ええ。うまくいったね！」

「ありがとう。君が危い目にあうのも承知で協力してくれたからだ」

「片山さんの力になれて嬉しい」

　パトカーがすぐに三台やって来た。近くに待機させていたのである。

「ホームズが相当深く爪を立てたんだな」

　と、片山は、傷ついた右手をハンカチで巻かれて、泣いている男へ目をやった。

「ニャー」

　ホームズが、「当り前だよ」とでも言うように鳴いた。

「片山さん」

　と、石津がやって来て、「ナイフも確保しました」

「ご苦労。――あの男は傷の手当も必要だろ。一台使って連行しろ」

「分りました」

　と、石津は肯いて、「その子は……」

「急いでメールしようとしてた」

と、片山はそのケータイを見て、「〈まずい！　データを全部消せ〉とある。しかし、発信する前に押えたよ」

犯行を確認する誰かがいるはずだと考えて、片山は実行犯を逮捕した後の乗客を見ていたのである。

「その子が？」

と、みすずも唖然とした。

片山に腕を取られて、青ざめ、震えているのは、十六、七の高校生の男の子だったのだ。

「どうしましょう」

と、ルミ子は言った。「まさか急にこんな話が……」

「渕野さんを待たせちゃいけないよ」

と、百瀬は言った。「先に先生の別荘へ行っててくれ。俺は遅れて行く」

「そうですね……」

TV局での仕事を終えて、ルミ子の車で、渕野の別荘へ向おうとしていたとき、ルミ子のケータイに、事務所の社長から電話が入ったのだ。

「〈Kレコード〉の社長が、ぜひ百瀬に会いたいと言って来たんだ」

「〈Kレコード〉の社長が？」

レコード会社も今は業績が振わない。その中で、〈Kレコード〉は大手としての地位を保っていた。

あの辻村涼の曲も、〈Kレコード〉から出ている。百瀬は、事務所の力が弱くて、〈Kレコード〉からは出したことがない。

そこの社長が百瀬に会いたいと言うのだ。この機会は逃すわけにいかない。

「社長は明日、ニューヨークへ発《た》つそうなんだ。どうしても今夜でないと」

「でも今日はこれから……」

ルミ子は、渕野の別荘に呼ばれていると話したが、

「何とかしろ！」

と言われてしまった。「うまくいけば、次の百瀬の曲は〈Kレコード〉から出せるかもしれん」

そう言われると、ルミ子も、

「分りました」

と答えざるを得ない。

ルミ子は、

「じゃ、私、車で行きます。百瀬さん、どうします？　タクシー呼んでおきましょうか」

と言った。

「高くつくぜ。いや、間に合えば列車で行って、駅前からタクシーを使うよ。大丈夫だ」

「そうですか？　じゃ、別荘の場所を」

ルミ子は百瀬のケータイに地図を送っておいて、

「お先に行ってます！」

渕野が夕食を一緒に、と言っているのだ。遅くなるわけにはいかない。

ルミ子は自分の車を運転して、一人、軽井沢の渕野の別荘へと向ったのである……。

20　悪夢

「ごめんなさい」

のひと言もなかった。

片山が満員のバスで捕まえた高校生は、宮崎一《みやざきいち》郎《ろう》といった。

少なくとも、久保田みすずが殺されるところを確認しようとしていたのだ。

しかし、メガネをかけた、青白い高校一年生は、自分が何をしていたか、少しも重大に考えていないようだった。そして、ただひと言、

「ゲームだったんだ」

とだけ言って、口をつぐんでいた。

しかし、今回は矢崎が殺されたときとは違う。あのときはほとんど手掛りがなかったが、今度は宮崎一郎のケータイを押えている。

そこには、ＳＮＳでつながった何十人もの名前とアドレスが入っている。

それだけではない。現実に、みすずをナイフで刺そうとしていた男――大杉《おおすぎ》悟《さとる》という、ごく普通の三十代のサラリーマンだった――を殺人未遂の現行犯で逮捕してある。

ホームズの爪が大いに効いたと見えて、痛さに泣いていた情けない男は、石津が怒鳴りつけるまでもなく、何でも知っていることはしゃべってしまっていた。

「――五十万か」

と、片山は、宮崎少年を見ながら、「人を殺すのがゲーム？　刺されたらどんなに痛くて苦しいか、亡くなったら、家族や友人たちがどんなに悲しむか、考えたことないのか？」

宮崎は、ちょっと目を伏せて、

「ゲームだもん。誰が死んだって、僕とは関係ないよ」

と言った。

「ゲームのキャラクターを殺すのとはわけが違うんだ。生きて、生活してる人間だぞ」

「だから面白いんだよ」

と、宮崎は口元に笑みを浮かべて、「ゲームのキャラクターは、誰が何するか想像がつくけど、本物の人間は分んないだろ。だから懸賞金を出すんだ。みんなが少しずつ出し合ってね。三坂恵には百万出そうかって話もあったよ」

「三坂恵……。あの子にも懸賞金をかけたのか？」

片山は息を呑んだ。

矢崎や、殺しそこなった厚木、みすずとは全く縁のない三坂恵がなぜ標的になったのだろう？

「じっくり話を聞かなきゃな」

と、片山は言った。

だが、宮崎は少し飽きた様子で、

「僕、お腹空いたよ。ね、ハンバーガー買って来て」

と言った。

「申し訳ありません」

と、車のハンドルを握って、ルミ子は言った。

「急な話だったものですから」

「いや、構わんよ」

と、渕野は車の後部座席に座って言った。「〈Kレコード〉の佐々木《ささき》は、よくそういうことがあるんだ。人の都合などお構いなしで、突然訪ねて来たりね。あいつは二代目社長だからな。人に気をつかうということができん。周りが自分に気をつかってくれて当り前と思っとる」

渕野の話に、ルミ子は思わず笑ってしまった。

百瀬が〈Kレコード〉の佐々木社長の誘いで、一緒に来られなかったことを詫びたのだった。

「ああ、次の角を左折して」

と、渕野は暗い道を迷うことなく指示して、

「小さいが、なかなか旨いものを出すんだ。君も、フランス料理は慣れてるだろ」

ルミ子は、渕野を別荘で乗せて、夕食のレストランへ向っていた。

「フランス料理ですか」

と、ルミ子は言った。「フレンチトーストぐらいなら知ってますけど」

渕野は笑って、

「いや、百瀬君とはいいコンビだね」

「恐れ入ります」

車は、林の中の細い道を辿っていた。

少し間があって、

「ルミ子君」

「はい」

「百瀬君とはもう寝たかね？」

　そんなことを訊かれるとは思っていなかったルミ子は、びっくりして思わずハンドルがぶれた。

「あ――あの――」

「いや、すまん。びっくりさせたね」

「いえ、それはともかく……」

「君のプライバシーに、私が口を出してはいけなかった。忘れてくれ」

　ルミ子はちょっと咳払いして、

「あの……百瀬とは何でもありません」

「まあいいよ。そういうことにしておこう」

「本当なんです！　ともかく、今度の新曲が出せるようになるまで、早くマネージャーなんかやめたいって、ずっと思ってました。でも――新曲のために、方々回ってる内に、段々百瀬のことも分って来て……」

「すると、今は？」

「百瀬から断られました。キャンペーンの間は、やめておこうって」

「そうか。しかし、君は百瀬君のことを……」

「分りません。今は一緒に頑張っている仲間です。その後のことは……」

　と言いかけて、「あ、もしかして、あの明るい所ですか？」

「そうそう。車は店の前に着けて、停めておけるよ」

　ポツンと立っている一軒家に、店の名前が明るく浮かび上っている。

　ルミ子は、百瀬との話題が打ち切られて、ホッとしながら車を店の前に停めた。

「――これは先生」

シェフの男性が出迎えて、「お待ちしておりました」

「よろしく頼むよ」
七、八人で一杯という小さな隠れ家風のレストランで、他に客はなかった。
「――いい雰囲気ですね」

と、ルミ子はテーブルについて言った。

「うん、なかなか落ちついててね。気をつかわなくてすむ」

と、渕野は言った。「初めにシャンパンをね」

「かしこまりました」

「あ。私、車ですから――」

と、ルミ子が言いかけたが、渕野は笑って、

「少しぐらい大丈夫さ。こんな所で検問なんかやらない」

「そうですね……」

でも、やはり初めのシャンパンだけにしておこう、とルミ子は思った。

そして、ふと「どうしてかしら?」と思った。

百瀬が来られなくなったことは、別荘に着いて初めて渕野に言ったのだったが、レストランのテーブルは、初めから二人分のセットになっていたのである。


「大変な手間になりそうだよ」

と、片山はため息をついた。

「でも、仕方ないじゃないの」

と、晴美が言った。「何人もの人が殺されてる。徹底的に調べて、すべてを明らかにしなくちゃ」

「課長の訓辞みたいなこと言わないでくれ」

――片山と晴美、そしてホームズは、ティール

ームで夕食のサンドイッチをつまんでいた。

　捜査の手間がとんでもなくかかって、ゆっくり食事するほどの時間が取れなかったのである。

「それに、あの宮崎一郎が未成年だからな。取り調べも色々面倒なんだ」

「十六歳の男の子が、殺人ゲームの元締になってたなんてね……」

　と、晴美が首を振って、「恵ちゃんまで、その犠牲者だったなんて。どういう世の中かしら」

「ニャー」

「あ、ホームズ。ハムサンド、食べる？　はい、どうぞ」

　そして、晴美は、「——ねえ、まさか」

「何だ？」

「あれは違うわよね。辻村涼が殺された事件」

「パーティで毒殺されたのが、あのゲームの一つだったっていうのか？　しかし……」

　片山は考え込んで、「だが、あり得ないことじゃないな。調べてみる必要が——」

　そのとき、片山たちの隣のテーブルで話し込んでいた女子大生らしい二人のケータイが鳴り出したのである。

　その着信のメロディに、晴美は、

「ああ、これ〈エル〉の〈ホップステップ〉ね」

と言った。

「聞いたことがあるな。そういうタイトルなのか」

「ほら。百瀬さんの次の歌を作ってる、渕野邦彦の作曲よ。大ヒットしたよね」

「俺が聞いたことあるぐらいだから、はやったんだろうな」

　そのとき、ホームズがハッとするような声で、ひと声鳴いた。

「ホームズ、どうしたの？」

　ホームズの目は、ケータイで話している隣のテーブルの女子大生の方へ向いていた。

「え……。待ってよ」

　晴美は口の中で何か呟いていたが、

「――そうだわ！」

「何だい、急に？」

「あの曲、辻村涼のレコーダーに入ってたメロディ、これだわ！」

「これ、って……」

「あんまり感じが違うんで分からなかった！　〈ホップステップ〉だわ」

「しかし――渕野って人の曲なんだろ？」

「そのはずだけど……。でも、辻村涼がわざわざ他人の曲をレコーダーに入れるかしら？」

　と、晴美は言った。「調べてみましょうよ」

「しかし、どうやって？　渕野に訊くのか？」

「その前に……」


「本当だわ」

　と、野本紀保は、レコーダーの曲を聞いて言った。

「そう思うでしょ？」

　と、晴美は言った。

「ええ。――言われなかったら、気が付かなかった。涼さんのギターだと、スローバラードなのに、〈ホップステップ〉はあんなに速いテンポの歌ですものね」

　と、紀保は肯いて、「でも確かに同じメロディですね」

「しかし、世間ではこの曲は渕野邦彦の作曲ということになってるんだろう？」

　と、片山は言った。

「ええ……。偶然似たような曲ができることはあるでしょうけど、こんなに全く同じってことは……」

　紀保も当惑するばかりだった。

　片山たちは、辻村涼の実家へやって来ていた。紀保が今、ここに泊っていたのだ。

　辻村涼の母親、爽子は、息子の子を身ごもっている紀保を大切にして、

「万一のことがあったら大変。早く〈プリA〉をやめてちょうだい」

　と言っているという。

　爽子の屋敷は広々として近代的な造りである。片山たちのいるリビングも、明るく快適だった。

「――刑事さんがみえてるの？」

　リビングに爽子が入って来た。

「お義母《かあ》様」

　と、紀保が立ち上って、「お帰りなさい」

「何の話なの？」

「実は……」

　紀保が、レコーダーに涼が録音していた曲のことを説明すると、

「そんなことが……」

　と、爽子はなぜか表情をこわばらせた。

「何か心当りが？」

　と、片山は訊いた。「いえ、〈プリA〉の三坂恵さんが殺された件などが、もしかすると涼さんの事件と係っているかもしれないと思ったもので、紀保さんに訊いてみようと……」

「そんなことが……。でも……」

　爽子はしばらく黙っていたが、「――紀保ちゃ

ん。もしかしたら、あなたの言う通りかもしれない」

と、口を開いた。

「お義母様――」

「その曲は、涼が作ったのよ、たぶん」

「でも、渕野さんの曲ということに――」

「ええ」

と、爽子は肯いて、「涼が渕野にあげたのよ、きっと」

「そんなこと……」

「あなたには、涼の父親はずっと前に死んだと言ったけど、本当は……渕野邦彦が、涼の父親なの」

誰もがしばらく言葉を失っていた。

「私の夫は死にました」

と、爽子は言った。「そのとき、私は涼を身ごもっていた。涼は夫でなく、恋人だった渕野の子なのです」

「涼さんはそれを――」

「十代になってから、たまたま夫の血液型を知る機会があって、自分の父親は別の人だと気付いたのです。私はときどき渕野と連絡を取り合っていたので、涼はそのことを知ってしまい……。私も本当のことを話さないわけにいかなかったのです」

「じゃ、涼さんと渕野さんはお互いに親子だと知ってたんですね」

と、紀保が言った。

「渕野って人のヒット曲が、辻村涼の作曲だってことは……」

と、晴美は言った。「もちろん他の人には秘密ですよね」

片山と晴美は顔を見合せた。

「――どういうことなのか、今はまだ分りませんが、ともかく渕野さんの話を聞くことにしましょう」

と、片山は言った。「ルミ子に訊けば、連絡先は分るな」

ちょっと迷ったが、片山は立木ルミ子のケータイへかけた。

「――出ないな。それじゃ……」

「百瀬さんに訊けば？」

と、晴美が言った。

「ああ……。じゃ、かけてみよう」

そのとき、片山のケータイに着信があった。

「――石津からだ。もしもし」

「片山さん、あの倉庫に落ちてたっていう破片ですが」

「ああ、何か分ったか？」

「やはりメガネのプラスチックレンズです。老眼鏡のものらしいですよ」

「老眼鏡？」

「それもかなりの年齢《とし》の人のだろうってことでした」

「分った。ありがとう」

片山は、百瀬のケータイにかけた。しばらく出なかったが――。

「はい！　百瀬です」

「片山です。ちょっとお訊きしたいことが――」

「分りました！　じゃ、すぐに伺います！」

と、百瀬は大きな声で言って、切ってしまった。

片山は面食らって、

「何だ？」

「ニャー」

「うん、何か緊急の用で呼ばれたことにしたかったんだな、今の様子は」

晴美は片山の話を聞いて、

「その老眼鏡って……」

「ニャー」

と、ホームズがひときわ高く鳴いた。

「待って。――恵ちゃんは、殺されたとき、相手のことを警戒してなかった。付合ってる彼氏だったから、と思ってたけど……。他にも考えられるわ。――自分のおじいさんくらいの年寄りだったら……」

片山が考え込む。そこへケータイが鳴った。

「百瀬さんだ。――もしもし」

「片山さん? すみません、さっきは」

「いや、何があったんですか?」

「〈Kレコード〉の社長と会っていて。食事の後も、バーへ引張って行かれて、早く逃げたかったんです」

「それで分りました。ルミ子君は一緒では――」

「それなんです! バーを出ようとすると、社長が引き止めて、渕野さんの所へは行くな、と」

「何ですって?」

「今夜、ルミ子と二人で渕野先生の別荘へ行くことになってたんです。でも、〈Kレコード〉の社長が、俺のことを引き止めて行かせるな、と渕野先生から頼まれたというんです」

「つまり――」

「今、ルミ子が一人で行ってます。あの先生はルミ子を一人で泊らせようとしてるんです」

「じゃ、ルミ子君を……。どこですか、別荘は?」

「軽井沢です。俺はこれから駆けつけます!」

「一つ訊かせて下さい。渕野さんと会ったんですか？　もしかして、メガネを壊したとか言ってませんでしたか？」

「ええ、そういえば暗い所でぶつけたとかで、割れたレンズで眼の辺りにけがをしてました。それが何か？」

「別荘の場所は分りますか？」

　と、片山は勢い込んで訊いた。

「おかしいわ……」

　と、ルミ子は渕野の別荘へ入ってから、バッグの中を捜して言った。

「どうしたのかね？」

　と、渕野が訊く。

「いえ、ケータイが見当らなくて」

「そうか。もしかして、あのレストランにでも忘れて来たんじゃないか？」

　と、渕野が言った。

「そうですね……。でもお店では使ってないし。——ちょっと車の中を捜して来ます。落としたのかもしれません」

　ルミ子は別荘を出て、自分の車の座席や床を捜した。

「——どうだった？」

　と、渕野が訊く。

「ありません」

　と、ため息をついて、「つい、ケータイに頼っちゃって、だめですね」

「今、レストランに電話してみたが、もう店を閉めたらしくて、誰も出ない。明日にでもまた連絡してみよう」

「ありがとうございます。——百瀬から何か言って来ると……」

「ああ、私の留守電に、『かなり遅くなりそうなので、明朝早くに出ます』と吹き込んであったよ」

「まあ！　それじゃ申し訳ないですね」

「仕方ないさ。こんな遅くじゃ、タクシーで来ても、ここを見付けるのは大変だろう。まあ、ゆっくり寛ぎなさい」

「どうも……」

ルミ子は、何となく落ちつかなかった。

男と二人、といっても相手はもう七十代だ。ルミ子が心配することもないだろうが……。

「地元のジュースだ。なかなか旨いんだよ」

と、グラスを二つ持って来る。

「すみません。――少し酔ったんですね。眠くなっちゃって」

結局、断り切れずにワインを二杯飲んだ。――仕事なのだから、そう酔うことはないのだが、確かにおいしいワインで、しかも、渕野が払ってくれたのだ。

「本当、おいしいジュースですね」

と、ルミ子は言った。冷えたジュースが心地よい。

「だろう？　私も必ず寝る前に飲むことにしとるんだよ」

と、渕野は自分のグラスを半分ほど飲んだが、

「しまった！」

テーブルに戻したときにグラスを倒してしまったのだ。ジュースがルミ子の方へとこぼれて、すぐよけたものの、パンツスーツに少しかかってしまった。

「やあ、すまん！　年齢《とし》を取ると、手に力がなく

なってね」

「いえ、大丈夫です。大したことは……」

急いでウェットティシューで拭いたが、パンツにしみ込んでしまっている。

「これは申し訳ない。――では、風呂に入ったらいい。着替えは持っているんだろう？　ジュースはべとつくからね」

「でも……」

「まあ、いいから。こっちだ」

促されて、ルミ子は二階のバスルームに連れて行かれた。

「使い方はごく普通だ。ゆっくり入ってくれ」

「はあ……。すみません」

一人になると、バスタブにお湯を入れて、バッグから着替えを取り出す。

そしてパジャマ。――百瀬が今夜来ないのだから、早々に寝てしまおう。

シャワーだけでも良かったのだが、大きめのバスタブを見ると、ゆっくり浸りたくなったのである。

「ああ……」

と、顎まで湯に浸って、思わず声が出る。

自分の部屋の風呂では、こんな風にゆったりと手足を伸して寛げない。

「呑気だわね」

仕事で来ているのだ。それを忘れないようにしなくては……。

でも、百瀬がいなくてはお話にならない。

バスタブの中から、ルミ子は洗面台の傍らに置いた替えの下着とパジャマへと目をやって、フッと笑った。

あのピンクのパジャマ。

百瀬と、地方の小さなホールで公演したとき、年寄りばかりのバンドの指揮をしろと言われて、あのパジャマを着てボールペンで指揮をしたのだった。

思えば、とんでもない恰好だったろう。しかも汗だくになって、パジャマが体に貼りついて気持悪かった。

「そうだったわ……」

あの奇妙なメールが初めて届いたのは、あの公演のときだった。あのとき、メールを送信した人間は、あそこにいたのだ。

百瀬の歌をほめていただけでなく、ルミ子がパジャマ姿で指揮していたことも知っていた。その誰かは、辻村涼が殺されたときも……。

ルミ子の、タオルで体を流していた手が止った。

「——え?」

思わず、声が出た。

まさか! でも、確かに……。

はっきりと思い出す。あのとき、古いホールで、やる気のない様子だった管理人の年寄りを。

あの声、あの顔。——ろくに見つめもしなかったが、それでも分った。

あの年寄りは、渕野本人だ!

バスタブで立ち上ったルミ子は、めまいがしてよろけた。

バスタブから出ようとして、タイルの床に転り出てしまった。

おかしい。——手足がしびれて、思うように動かないのだ。

こんなことって……。

懸命に洗面台に手を伸し、つかまって立とうとしたが、足に力が入らず、倒れてしまった。

そのとき、バスルームのドアがゆっくりと開いた。

「薬が効いて来たようだね」

と、渕野は言った。

「あなたは……」

言葉が出て来ない。しびれは口元にも広がり、頭がボーッとして来た。

「やあ、思い出のパジャマだね」

と、渕野はニヤリと笑って、「あのときの君は色っぽかったよ。パジャマが肌にべっとり貼りついてね。――思い出したろう？　あのひどいホールのことを」

裸でタイルの床に横たわったまま、ルミ子はどうすることもできなかった。

渕野の姿も、段々視界が暗くなって、分らなくなってくる。

「もう久しく女には興味が持てなかった……」

という、渕野の声が遠く聞こえた。「しかし、君は……征服するだけの価値がある……。だがその一方で、いずれ気付くだろうと思っていた……。辻村涼を私が殺したことに……」

これは何？　夢を見ているの？

聞こえてくるのは幻聴だろうか。遠く響いて、よく聞こえないけど……。

「涼は私から才能を受け継いだんだ。私が辻村涼を作った。しかしあいつは……私が曲を書けなくなるのと反対に、次々にいい曲を書いていた……。私も、涼からもらわなければ新しい曲を作れなくなった……」

渕野が、ルミ子の体を仰向けにして、じっと見下ろした。

視界がぼやけてくる。

「心配いらんよ」

と、渕野が言った。「君の体をゆっくり味わってから、眠らせてあげる。苦しくないように、痛くもないようにね。それで何もかも終る……」

ルミ子は必死で手足を動かそうとしたが、無理だった。

視界は暗く閉ざされていく。——そして、自分の上にのしかかる重さを感じた。

これは何？　私はどうなってるの……。

ぼんやりとした頭で、ルミ子は顔にかかる息を感じた。

もう……これで……終り？

そのとき、誰かが怒鳴るのが聞こえた。

「貴様！　何しやがる！」

あの声。——百瀬さん？

体で受け止めていた重さが消えて、何かがひどくぶつかったり壊れたりする音がした。

「病院へ！」

という声は……片山君？

「ニャー」

ホームズも？　これって夢の中？

「ルミ子！　しっかりしろ！」

百瀬の声が耳もとで聞こえて、「うるさいなあ」とルミ子は思った。

もともと声が大きいんだから……。そんな声出さなくたって、聞こえてるわよ……。

体をタオルで覆われ、抱え上げられるのを感じて、ルミ子は意識を失った。

エピローグ

「〈受付〉のテーブルの位置、逆でしょ！　お客様は向うから来るんだから、それが見えなきゃ仕方ないわ。――ちょっと！　ポスターは入って正面に、目につくようにして！　CD売るカウンターはそっち！　休憩時間にお客様がホールから出て来てパッと目に入らないと。――もっとテキパキやって！　あと三十分で開場よ！」

ルミ子の声が、ホールのロビーに響き渡っている。

「――相変らずだな」

と、入口にやって来た片山が笑って言った。

「片山君！　来てくれたのね」

ルミ子は急ぎ足でやって来ると、「晴美さんは？」

「ここで待ち合せてるんだ。ああ、来た」

晴美とホームズがやって来るのが見えて、ルミ子は手を振った。

「片山君。――ちゃんとお礼を言ってなかったわね。助けてもらったのに」

「いや、こっちが大変だったからね。まだ捜査も終ってない。何しろ〈ゲーム〉の世界で生きてるような人間が何十人もいて、一人一人、突き止めるのが大変だ。その内の誰が現実に人を殺したのか……」

と、片山は言って、「まあ、ともかく今日は事件のことを忘れて、百瀬さんの歌を聞かせてもらうよ」

〈百瀬太朗・六本木で待つ女、大ヒット記念リサイタル〉

のポスターが正面に貼られている。

「――もう何ともないの？」

と、晴美がルミ子と握手をした。

「ええ、すっかり元気」

「しかし、あの薬はかなり強かったようだ。もう少し量が多かったら、命に係るってことだったからな」

「そう簡単に死なないわよ」

と、ルミ子はニッコリ笑って見せた。「百瀬が、終った後で、会いたがってるわ。少し残ってくれる？」

「もちろんよ」

と、晴美が言った。「石津さんも来ると思うわ」

「じゃ、ともかくロビーに入ってて。私、ステージの打合せがあるから」

と、ルミ子は小走りに駆けて行った。

「無事で良かったわね」

と、晴美が言って、ロビーのソファに腰をおろした。

「全くだ。軽井沢まで、相当乱暴な運転だったけどな」

「でも、それで間に合ったんだから」

「スピード違反で捕まらなくて良かった」

――あの恐ろしい（色んな意味で）夜から一か月が過ぎていた。

渕野邦彦が辻村涼の父親だったこと、そして涼の才能を妬んだ渕野が、ネットの秘密の〈殺人サイト〉を知って、息子を殺したこと……。

事実が明らかになるにつれ、世間にはむしろ当惑が広がった。

「――渕野は少しは後悔してるの？」

と、晴美が訊いた。

「どうかな。――自分も悪い夢を見てたようだ、と言ってたよ。ネットの中が〈現実〉に思えると、この実際の世の中の方が、架空の世界に見えるんだな」

「だから恵ちゃんを殺した？　ひどい話だわ」

「うん。しかし、本当にやってのけると、ネットで大勢に称讃《しょうさん》されて、それが嬉しかったらしい。きっと、矢崎さんを殺した奴も、ゲームのつもりだったんだろうな」

「誰がやったか、分ったの？」

「あの団地に住んでる人間で、あのサイトに登録していたのが三人いる。今、その一人一人に当ってるよ。じき、はっきりするだろう」

「でも、矢崎さん自身もメンバーだったんでしょ？」

「うん。それで自分が〈標的〉にされてることを知って、怯えてたんだ。――五十万円で人一人の命だ。俺たちが係った殺人以外にも、このサイトの懸賞金が支払われてるから、このグループで他にも事件を起してるんだ。捜査はこれからだよ」

――おそらく、「金」よりも、ネット上で「凄い！」とほめられることの方が、犯人にとっては嬉しかったのだ。

生命の価値より、ネット上の匿名の称讃の方が、その当人たちにとっては値打があったのだろう。

「どこか間違ってるよな」

と、片山は言った。「傷つくことの痛みが分らないんだ」

久保田みすずを殺そうとした男は、ホームズの爪で引っかかれた傷が痛くて泣いていた。自分が刺したら、相手の痛みはそんなものじゃないのに。

「――片山さん！」

と、弾んだ声がして、ステージ衣裳でやって来たのは、紀保だった。

「やあ。今日は君たちも出るの？」

「ええ。サプライズゲストなんです。それと、〈プリンセスA〉の新メンバーが二人入ったんで、今日一緒に出て、慣れさせようと思って」

「じゃ、今日は十一人なの？」

と、晴美が訊いた。

「正確には――十二人です」

「ニャー」

と、ホームズが鳴いた。

「あ、そうか。お腹の子も入れてね」

「そうです！」

と、紀保は笑って、「私は今日が最後のステージになるんです」

「そう」

「でも、百瀬さんの歌を聞いてると、一人できちんと声を出して、人に聞いてもらえるって、すてきだなと思って。——この子が生まれてから、また一から発声を勉強して、ソロで歌える歌手になろうと思ってるんです」

「いいね。焦ることはない。まだ君は若いんだから」

「お兄さん、自分だって若いのよ。忘れないで」

「どうせ俺は〈若年寄〉だ」

「ニャー」

ホールの中から音楽が聞こえて来た。

「あ、リハーサルだ！　それじゃ！」

と、紀保は足早に行ってしまった。

「ああ、やれやれ……」

入れ替りに、ルミ子がやって来ると、「始まるまでが大変！　今、紀保ちゃんに会った？」

「すっかり百瀬さんと〈プリA〉が、いい取り合せになったわね」

と、晴美は言って、「それで——あなたと百瀬さんはどうなってるの？」

「え？　ああ……」

ルミ子はちょっと困ったように、「私が入院してる間、百瀬の面倒を依子さんがみてくれたの」

「元奥さんが？」

「ええ。それで……また一緒に暮すことになったみたい」

「あら」

「私もね、マネージャー業だけで手一杯だし。もしかしたら、百瀬と依子さんの〈再婚式〉があるかも。——そのときは出席してね！」

と言うと、受付の方へ目をやって、「ほら！　そんな机の置き方じゃだめでしょ！」

と、駆けて行った。

「ニャア」

ホームズが短く鳴いて、ソファで丸くなった……。

初出　「小説宝石」二〇一九年十二月号～二〇二一年三月号

◎お願い◎

　この本をお読みになって、どんな感想をもたれたでしょうか。「読後の感想」を左記あてにお送りいただけましたら、ありがたく存じます。

　なお、「カッパ・ノベルス」にかぎらず、最近、どんな小説を読まれたでしょうか。また、今後、どんな小説をお読みになりたいでしょうか。読みたい作家の名前もお書きくわえいただけませんか。

　どの本にも一字でも誤植がないようにつとめておりますが、もしお気づきの点がありましたら、お教えください。ご職業、ご年齢などもお書き添えくだされば幸せに存じます。当社の規定により本来の目的以外に使用せず、大切に扱わせていただきます。

東京都文京区音羽一―一六―六
郵便番号　一一二―八〇一一
光文社　文芸第二編集部

三《み》毛《け》猫《ねこ》ホームズの懸《けん》賞《しょう》金《きん》

2021年6月30日　初版1刷発行

著者　赤《あか》川《がわ》次《じ》郎《ろう》
発行者　鈴木広和
組版　萩原印刷
印刷所　萩原印刷
製本所　ナショナル製本
発行所　株式会社光文社
東京都文京区音羽1-16-6
電話　編集部　03-5395-8254
書籍販売部　03-5395-8116
業務部　03-5395-8125
URL　光文社 https://www.kobunsha.com/

落丁本・乱丁本は業務部へご連絡くだされば、お取り替えいたします。

ISBN978-4-334-07747-1

Printed in Japan

「カッパ・ノベルス」誕生のことば

カッパ・ブックス Kappa Booksの姉妹シリーズが生まれた。カッパ・ブックスは書下ろしのノン・フィクション(非小説)を主体としたが、カッパ・ノベルス Kappa Novelsは、その名のごとく長編小説を主体として出版される。

もともとノベルとは、ニューとか、ニューズと語源を同じくしている。新しいもの、新奇なもの、はやりもの、つまりは、新しい事実の物語というところから出ている。今日われわれが生活している時代の「詩と真実」を描き出す――そういう長編小説を編集していきたい。これがカッパ・ノベルスの念願である。

したがって、小説のジャンルは、一方に片寄らず、日本的風土の上に生まれた、いろいろの傾向、さまざまな種類を包蔵したものでありたい。かくて、カッパ・ノベルスは、文学を一部の愛好家だけのものから開放して、より広く、より多くの同時代人に愛され、親しまれるものとなるように努力したい。読み終えて、人それぞれに「ああ、おもしろかった」と感じられれば、私どもの喜び、これにすぎるものはない。

昭和三十四年十二月二十五日

KAPPA NOVELS